KB078509

광풍제월

만상조 新무협 판타지 소설

FANTASTIC ORIENTAL HEROES

광풍제월 6

만상조 新무협 판타지 소설

초판 1쇄 찍은 날 § 2016년 3월 14일
초판 1쇄 펴낸 날 § 2016년 3월 18일

지은이 § 만상조
펴낸이 § 서경석

편집책임 § 김현미

펴낸곳 § 도서출판 청어람
등록번호 § 제387-1999-000006호
등록일자 § 1999. 5. 31
어람번호 § 제2-2644호

주소 § 경기도 부천시 원미구 부일로 483번길 40 서경B/D 3F (우) 14640
전화 § 032-656-4452 팩스 § 032-656-4453
http://www.chungeoram.com
E-mail § chungeorambook@daum.net

ⓒ 만상조, 2015

ISBN 979-11-04-90693-0 04810
ISBN 979-11-04-90462-2 (세트)

狂風霽月

광풍
제월

6

만상조 新무협 판타지 소설

FANTASTIC ORIENTAL HEROES

도서출판 청어람

광풍
제월

目次

第一章
심증

"비가 오는군."

운요는 고개를 옆으로 기운 채 중얼거렸다.

어제 뜨거운 불길이 세상 가득 타올랐던 것이 마치 거짓말인 양, 싸늘한 비는 폐허를 식히고 있었다.

"그럼 이제 어쩔 거야?"

차를 따른 유원은 소하에게 그리 물었다. 백영세가에서는 그를 은인 대우를 하며 극진한 대접을 해왔고, 소하와 운요는 다행히 편하게 쉴 수 있었다.

"일단은 정해진 건 없어."

단정히 씻은 머리가 어색한지 소하는 머리를 벅벅 긁으며 중얼거렸다. 이전부터 계속 이곳저곳을 다니느라, 이리 깨끗하게 씻어본 적이 처음이었던 것이다.

유원은 그 모습을 보고는 후후 웃음을 흘렸다.

"예전하고 똑같네."

마치 과거로 돌아간 기분이다.

그런 그녀와 소하를 바라보던 운요는 이내 입가에 묘한 미소를 그리며 말을 꺼냈다.

"백 소저는 이제부터 어쩔 참이오?"

"저는……."

잠시 유원의 눈이 허공에 머물렀다.

백영세가의 대화재로 인해 비무초친이 취소되었다고는 하지만 그녀의 입장은 여전히 그대로일 것이다.

"내가 보기에 연백룡의 처사는 부당하다 생각되오만."

무가의 자식, 하물며 여아(女兒)라고 한다면 도구로 취급되는 게 당연한 요즘이다. 하지만 운요는 자신의 여동생마저 그리 저버리려는 백류영의 행동이 마음에 들지는 않았다.

"오라버니는 아버지를 잃고, 큰 충격을 받았어요."

유원도 알고 있었다. 산처럼 떠받들던 자신의 아버지가 자살을 해 무참한 모습으로 방 안에 쓰러져 있었을 때 가장 먼저 그를 발견한 것이 바로 백류영이었기 때문이다.

아직도 유원의 기억에서 잊히지 않고 끈적하게 남아 있는 것은 바로 백류영의 표정이었다.

세상 모든 것이 무너져 버린 듯한 그 표정 앞에서 그녀는 아무 말도 할 수 없었던 것이다.

"그 후 오라버니는 세가를 위해서라면… 무엇이든 해야 한다고 여기게 되었죠."

장로들은 모조리 불 속에서 죽었다.

이제 백류영의 행보를 막을 이들이 없어져 버린 것이다. 그렇기에 유원은 이제 그가 백면을 앞세워 무림에 거대한 영향력을 행사하려 한다는 것을 예상할 수 있었다.

"혼자서는 견디기 힘들 것이오."

"하지만 무작정 도망쳐서는 안 된다고 생각해요."

유원의 눈은 깊은 결심을 품고 있었다.

"저는 세가 내부에서 오라버니를 돕고 싶어요."

그 말에 운요는 아무 말도 하지 않았다. 오히려 소하가 걱정스러운 표정을 지으며 그녀를 바라볼 뿐이었다.

"괜찮아."

유원은 빙긋 웃었다. 마치 꽃이 활짝 피어나는 것만 같은 그 웃음에 둘은 더 이상 그녀에게 다른 말을 할 수 없었다.

"저마저 없다면."

유원은 쓸쓸히 중얼거렸다.

"오라버니를 막을 사람은 이제 아무도 없을지도 모르니까요."

언뜻 약해 보이는 목소리였지만, 그 안에는 분연(奮然)함이 자리하고 있었다.

"그런가."

운요 역시 더 이상 이야기를 꺼내지 못할 지경이었다.

"그럼 난 먼저 일어나 보겠소. 어차피 이제 움직일 장소도 물색해야 하니."

"죽이 안내해 드릴 거예요."

죽이라는 시녀가 뒤에서 꾸벅 머리를 숙여 보였다.

운요가 죽을 따라 떠나고 나자, 유원은 슬쩍 소하를 바라보았다.

"할 말이 많아 보여."

소하의 얼굴에는 여러 생각들이 새겨져 있었다. 당연하다. 유원은 자신이 도구로 이용될 것이라는 것을 알면서도 계속 이곳에 남겠다 말한 것이니까.

하지만 그녀의 결정에 자신이 참견할 수는 없다.

소하의 마음을 알고 있었기에 유원은 그저 웃을 뿐이었다.

"그래도 도망치기는 싫었어."

그렇다.

유원 혼자서는 얼마든지 몸을 뺄 수 있을 것이다. 곽위를 비롯해 그녀를 따르는 자들도 많으니까. 하지만 유원이 도망치게 된다면 그들은 백류영의 진노를 사게 될 것이 뻔했다.

"그게 무림인이잖아?"

소하는 아무 말도 하지 못했다. 입을 꾹 다문 채로 유원의 말을 듣고만 있을 뿐이었다.

수많은 사람이 죽었다.

이전에는 각자의 욕망을 위해 그리고 어제는 갑작스레 일어난 화재로 말이다.

죽음은 마치 전염병처럼 이 근방 전체를 메우고 있었다.

소하는 주먹을 꽉 쥐었다.

무림인.

이전, 수라도라는 서장무인이 보여줬던 그 광기와도 같은 감각을 도저히 잊을 수가 없었다.

"무림에 나가 가장 중요했던 건, 아무래도 살의(殺意)에 먹히냐 먹히지 않느냐가 아니었을까."

마 노인은 그렇게 말했다. 천인참이라 하여 천이 넘는 무인의 무구를 부순 그는 언제 어느 때라도 사람을 죽일 수 있는 압도적인 힘을 갖고 있었다. 그러나 그는 그들을 죽이지 않았다.

"사람을 함부로 죽여대는 순간, 내 목숨도 그만한 값어치가 되거든."

그는 수많은 싸움으로 그것을 깨달았다. 그리고 그 마음은 다른 세 명의 노인 역시 똑같았다.

'나는…….'

소하는 깊게 숨을 들이켰다.

수라도의 행동.

그리고 죽어간 이들이 있었기에 소하는 정말로 머리끝까지 화가 차올랐었다.

사람의 목숨을 아무렇지도 않게 빼앗는 이들은 이제껏 많았다. 철옥에서도 그리고 새로이 나온 무렵에서도 말이다.

그러나 수라도를 본 순간, 참을 수 없을 정도로 온몸에 격렬한 분노가 차올랐었다. 그렇기에 칼자루를 쥐었고, 전력을 다해 그에게 덤벼들었던 것이다.

하지만 수라도의 팔을 베어버릴 때 느껴졌던 감각.

소하는 그 끔찍한 감각이 아직까지도 오른팔을 붙잡고 놓아주지 않는 것만 같았다.

그 격정에 사로잡혔던 순간이 다시 또 고개를 들고 나타날 것만 같았다.

"네가 있어서."

유원의 목소리가 조용히 귓전을 맴돌았다.

"많은 사람이 살았어."

그녀는 창밖을 바라보고 있었다.

다 타버린 폐허에서 사람들은 석재를 나르며 임시로 집터를 구성하고 있었다.

백영세가의 식객이 아님에도 스스로 나선 이들도 이곳저곳에서 보이는 터였다.

"스스로를 미워해서는 안 돼."

이미 그녀는 소하의 마음을 알고 있었던 것이다.

"그러니 표정 펴."

그녀는 빙긋 웃었다.

"넌 백영세가의 은인이니까."

은인.

소하는 조용히 바닥을 바라보다, 이내 자리에서 일어섰다.

"그래."

굉명을 등에 짊어진 소하는 조용히 몸을 돌렸다.

그의 뒷모습을 본 유원은 소하가 이전보다 더 커진 것 같다는 느낌이 들었다.

"운요 형에게 했던 말."

문에 다다른 소하는 고개를 돌리지 않은 채 조용히 말을 이었다.

"정말 너다웠어."

"그래?"

그녀의 입가에 미소가 걸렸다.

소하가 문을 열고 나서자 곧 적막만이 유원이 앉아 있는 방을 가득 메웠다.

그녀는 잠시 고개를 들어 올렸다. 그의 뒷모습을 계속해서 보고 싶었지만, 그렇게 되면 자신이 겨우 다잡은 마음이 흔들릴 것이 뻔했기 때문이다.

"더 이상."

짧아진 머리칼.

유원은 그것을 손으로 만지며 나직이 속삭였다.

"구해지기만 하는 건 싫으니까."

*   *   *

"여기 있었나."

운요는 고개를 옆으로 젖혔다.

빗줄기가 점점 거세진다. 진흙이 튀기는 모습이 그대로 드러나 보일 정도로 비는 세차게 쏟아져 내리고 있었다.

"당신을 기다린 게 아니야."

청아는 빗속에서 조용히 그렇게 중얼거렸다. 이미 머리칼은 축 처져 피부에 달라붙어 있었고, 옷은 어제 그 일 이후 갈아입지 않아 아직도 그을음과 탄 흔적이 그대로였다.

"그러다 쓰러지면 볼 만하겠군."

운요는 그리 답하며 눈을 돌렸다.

멀리서 소하가 걸어오고 있었던 것이다.

두 명의 눈이 마주쳤다.

"오래 기다렸나 보네."

"……."

청아는 조용히 자신이 쥐고 있는 칼을 들어 올렸다.

"넌 백연검로를 알고 있어."

"응."

스르르릉!

운요의 눈이 일그러졌다.

청아의 몸에서 일순간 흰빛이 치솟더니만 주변의 공기가 술 렁이기 시작했다.

빗방울이 미끄러진다.

그녀의 몸을 적시지 못한 채, 빗방울들이 사방으로 비산하 고 있었다.

"백연검로는 일인전승(一人傳承)."

쏴아아아아아!

빗소리가 이젠 귀까지 멍하게 만들 정도였다.

"남는 건."

칼집을 내던졌다.

땅바닥을 나뒹구는 칼집을 무시한 채, 청아는 무상기를 내 뿜으며 섬뜩한 목소리로 중얼거렸다.

"한 명이어야만 해."

운요는 어깨를 꿈틀거렸다.

그저 사형을 잃은 슬픔을 어디다 풀어야 할지 모르고 있는 것이라면 차라리 외면해 버리는 게 나을지도 모른다.

하지만 청아의 온몸에서 솟구치는 무상기는 그러한 생각을 할 수 없을 정도로 예리했다. 마치 날카로운 칼날처럼 점차 주변의 기운을 잠식하기 시작했다.

"그래."

"소하!"

소하는 말리는 운요의 앞으로 나서며 천천히 굉명의 자루를 붙잡았다.

'눈은 없다.'

유원이 있는 곳은 엄중하게 봉쇄되어, 허락받지 못한 이들은 들어 올 수도 없다. 더군다나 현재 백류영과 단리우는 바깥에서 다른 권력가들을 만나는 데 시간을 쓰고 있기에 이곳에 올 여유는 없으리라.

곧 소하의 몸에서도 노란 기운이 일어나기 시작했다. 천양진기를 개방한 것이다.

그리고.

콰악!

진흙이 신발에 밀려나는 소리가 울렸다.

청아의 몸이 맹렬하게 소하에게로 달려든 것이다.

그녀의 검에 어린 내공은 흰빛무리를 그리며 허공에 궤적을 새겼다.

쏴아아악!

빗물을 가르며 날아드는 검격에는 철저한 살의만이 스며들어 있었다.

소하는 그에 맞서 굉명을 휘두르지 않고 그대로 자세를 비틀었다.

눈앞의 공간을 잘라내는 검.

청아는 소하가 피해내는 순간 손목을 휘돌리며 그대로 허공에 삼검을 쏘아냈다.

'빠르다!'

운요는 놀라 눈을 부릅떴다. 이전까지 청아의 검을 보았을 때, 운요는 사실 그녀가 제대로 무당검을 익히지 못했다고 확신했다. 가운악과 같이 고요하지 않고 불같은 성정을 지닌다면 도가검공을 익히기란 어렵기 때문이다.

하지만 생각이 짧았다. 운요는 청아의 검격이 청성검공보다도 매섭게 허공을 찌르며 소하를 조여드는 것을 보았다.

'그렇군.'

청아는 애초에 무당검 전체를 위한 수련을 하지 않았으리라.

오로지 그녀의 몸은 백연검로를 펼치기 위해서 닦여져 있다는 말이다.

청아의 손이 희끗 일그러진다 싶더니만, 그 끝에서 열 개의 찌르기가 솟아나갔다.

백연검로의 정주로.

단숨에 적을 옭아매는 무시무시한 위력을 지닌 초식이었다.

파아아아아아!

빗방울이 동시에 허공에서 터져 나가는 모습이 보였다.

'눈으로 따라가기가……!'

운요는 인상을 찌푸리며 다급하게 소하 쪽을 바라보았다. 아무리 소하가 천하오절의 무공을 전수받았다고 해도 저 정도의 속도를 막아내는 것은 버거울 수밖에 없었던 것이다.

그 순간 소하의 몸에서 노란 기운이 솟구쳤다.

천양진기 이식.

소하는 으득 이를 악물며 동시에 오른팔을 거세게 휘둘렀다.

굉천도법의 공파!

쫘라라라랑!

굉명에서 일어나는 요란한 소음에 청아 역시 눈살을 찌푸렸다. 소하는 정주로의 다양한 검로를 통째로 때려 부수는 방법을 통해 막아냈다.

손목이 시큰거린다. 청아는 부딪친 순간 오른팔이 부러져 버릴 듯한 고통을 느꼈고, 그렇기에 더더욱 단전의 내공을 쏟아내며 온몸에서 흰 기운을 너울너울 퍼뜨렸다.

소하는 빠르다.

천영군림보의 보법은 무당제일이라는 제운종과 비견할 수 있을 정도로 신출귀몰했다. 더군다나 팔방을 모조리 점거하는 천영군림보의 특성을 알지 못하는 그녀였기에 귀신같이 허공에서 나타나는 소하를 뒤늦게 막아낼 수밖에 없었던 것이다.

카앙!

칼날이 바르르 떨린다.

"윽……!"

소하는 굉명을 휘두른 기세 그대로 빙글 회전함과 동시에 가속했다.

'빠르다.'

생각이 머리에 미치는 순간, 소하는 이미 청아의 품까지 다가와 있었다.

쐐애애액!

그대로 도를 휘두르려던 소하는 자신의 눈앞까지 다가온 검봉을 보고는 눈을 부릅떴다.

콰콰콰콰콱!

진흙에 새겨지는 검봉의 흔적들.

소하는 뒤로 크게 물러서며 숨을 들이켰다.

청아의 속도가 더 빨라졌다.

"전력을 다해라."

그녀는 어깨를 거칠게 들썩이며 중얼거렸다.

"나 역시… 그럴 테니까."

허공에 흰 그림자가 어린다.

소하는 그것을 안 즉시, 고개를 격하게 옆으로 젖혔다.

쑤아아악!

귓전을 울리는 소리, 그는 청아의 칼날이 어느새 자신의 귀 옆을 찌르고 있었다는 것을 알아차렸다. 이전 청아가 사용하기도 했던 주연로였다.

그러나 거기서 멈추지 않는다.

그와 동시에, 칼은 궤도를 바꾸더니만 마치 폭풍처럼 거센 공격을 퍼붓기 시작한 것이다.

'세풍로!'

소하는 그것을 알아차리자마자 굉명을 휘둘렀다.

그러나 일순 소하의 어깨에서 피가 튀며, 동시에 사방으로 바람이 몰아쳤다.

"큭!"

소하는 인상을 쓸 수밖에 없었다.

청아는 백연검로의 본질(本質)을 알고 있었던 것이다.

"수많은 길 끝에 비로소 답이 존재하지."

현 노인은 그리 말하며 빙긋 웃었었다.

"우리네 삶과도 닿아 있기에, 나는 그 검을 가장 사랑했었단 다."

콰콰콰쾅!

'그래도 이건……!'

소하는 헛웃음이 일 지경이었다. 허공에 솟구치는 흰 궤적은 이윽고 수십 개로 분열하며 소하를 몰아쳐 왔던 것이다.

백연검로는 그 검로 하나하나가 강한 위력을 지녔지만, 그 것들을 변주(變奏)하는 것으로 더욱더 압도적인 모습을 보인다.

주연로에서 세풍로로 이어지자, 마치 폭풍과도 같은 칼날들이 몰아쳤던 것처럼 말이다.

물론 거기까지 이르려면 수많은 수련을 필요로 한다. 언제 어디서든 자신이 원하는 검로를 전개할 수 있어야 했기에, 현 노인은 소하와 함께 많은 시간을 보냈었다.

하지만.

'이 녀석 역시도…….'

굉명이 울음을 토해냈다.

쩌러러렁!

동시에 세풍로의 궤적을 잘라 버린 소하는, 이내 땅에 바싹 달라붙으며 오른손을 휘둘렀다. 저 공격에 맞는다면 청아의 발목이 동강 날 위력을 지닌 공격이었다.

그러나 그녀가 놓칠 리 없었다.

무상기는 운요의 청량선공과 같이 주변을 잠식해 자신의 움직임을 극대화시키는 내공심법이다. 천양진기로 더욱 존재감이 커진 소하 정도라면 눈을 감고도 잡아낼 수 있었다.

'어차피 뛰어오르기를 노린 것이라면!'

청아는 뛰어오르며 소하를 내려치려 했다. 그가 청아가 공
중으로 솟구칠 것을 예상하고 바닥에 엎드린 이상, 서로의 움
직임에는 한계가 있으리라는 생각에서였다.

파칵!

하지만 바닥에 칼이 얻어맞으며 진흙이 튄다.

청아의 눈에 이채가 감돌았다. 바닥에 있어야 할 소하가 보
이지 않았던 것이다.

그때 청아의 위로 그림자가 드리웠다.

그녀는 저도 모르게 고개를 치켜들었다.

청아가 뛰는 순간 소하는 바닥을 거칠게 차올렸고, 천영군
림보의 경신은 한없이 가볍게 소하를 공중에 띄워 올렸다.

그는 어느새 그녀보다 높이 뛰어올랐던 것이다.

반전(反轉)하는 몸.

청아의 눈이 일그러졌다.

"그럴 수가……!"

천영군림보의 묘리는 팔방을 점거하는 것만이 아니라, 공중
까지도 포괄한다.

사실상 청아는 누군가와 싸우며 허공에서 대결하리라곤 예
상하지 못했던 것이다.

자신의 발등을 세게 차자, 소하의 몸이 구부러지며 동시에

쏘아져 왔다.

'사정을 두면 안 돼.'

손속이 약해지는 순간, 청아의 검은 매섭게 소하에게로 날아들어 그를 베어버릴 것이다.

그렇기에 결심했다.

소하의 몸에서 천양진기의 노란 광채가 더욱 세차게 내뻗어졌다. 이전 수라도와의 싸움에서도 발동했던 천양진기 사식이었다.

세상이 느려진다.

소하의 눈에 떨어지는 빗방울들이 동그랗게 방울져 있는 모습이 보였다.

시간이 멈춘 듯 그의 신경이 예리하게 곤두선 것이다.

몸을 젖혀 검격 하나를 피한 소하는 느릿하게 다가오는 검봉에게서 멀어지자, 다시 자신의 발등을 걷어찼다.

천영군림보의 비영(飛影).

일찍이 구 노인이 종금 놀이를 할 적에 소하에게 몇 번 보여주었던 비기다. 실제로 사람이 공중에 떠 있을 수는 없기에, 소하는 마치 공중에 떠 있는 것같이 보이는 구 노인의 모습을 보고 정말 턱이 떨어질 것만 같이 놀랐었다.

"무공은 재밌어!"

구 노인은 실쭉 웃으며 그리 말했다.

"그러니 소하도 재밌게 놀자!"

그렇다.

그들은 사람을 죽이는 기술이라며 무공을 가르치지 않았다.

그저, 무언가를 위한 수단으로 생각하라 했을 뿐이다.

수라도에게 화가 났던 건 바로 그 때문이었다.

무공을 사용해 제 마음대로 누군가의 목숨을 취하고, 그것에 아무 후회도, 가책도 지니지 않는 그자를 용서할 수 없었던 것이다.

굉명의 자루를 꽉 움켜쥐었다.

소하는 앞을 주시했다.

두 번째의 검격이 허공을 맞췄다. 자신이 생각지도 못한 장소에서 갑작스레 소하가 나타나자, 청아의 검이 헛손질을 한 것이다.

그리고 그것이 패착(敗着)이다.

도를 휘두르려는 찰나, 소하는 청아의 표정을 보았다.

그녀는 울고 있었다.

수많은 생각이 머리를 스쳐 지나간다.

하지만.

소하는 그대로 그녀의 검격 사이로 파고들며 굉명을 내려찍었다.

천양진기의 찬란한 빛 때문에, 일순간 어두운 구름에 가려졌던 해가 떠오른 듯한 광채가 사방으로 쏟아져 나갔다.

*　　　*　　　*

"그들이 또 네게……."

여름이었다.

매미 울음소리가 요란했고, 녹음(綠陰)이 우거져 풀냄새가 진하게 코를 적셨었다.

옷이 흙투성이가 된 청아는 조용히 무릎을 끌어안은 채로 전각의 구석에 주저앉아 있었다. 주변의 사형제들이 그녀를 집요하게 괴롭혔던 것이다.

가운악은 인상을 찡그렸다. 청아는 이제 고작해야 열둘에 지나지 않았다. 그런 어린아이를 서너 살 더 먹은 자들이 이리도 괴롭힐 수 있단 말인가? 아무리 청아를 미워하는 이가 많다고는 해도 진흙을 끼얹고 발로 걷어차는 일은 용서받지 못할 일이었다.

"장로님께 말씀드리마."

"소용없습니다."

청아는 공허한 눈으로 바닥만을 쳐다보고 있었다.

"장로님들도 제가 마음에 안 들기는 마찬가지니까요."

아마 그들이 사주한 것이리라.

　청아는 그리 여겼다. 아무리 서열 관계가 확실한 무당이라고
해도, 문원을 이런 식으로 괴롭힌다는 건 필경 누군가 뒤를 봐주
고 있기에 가능한 것일 테니까.

　가운악은 아무 말도 할 수 없었다.

　그의 몸이 다가온다. 청아가 저도 모르게 움찔거리자, 가운악
은 더더욱 안쓰러운 듯 무릎을 굽히며 청아의 앞에 앉았다.

　"네가 잘못한 건 아무것도 없다."

　"저 아이가, 백로검을 잇는다고?"

　무상기는 주인을 고른다. 적성이 모자란 이는 무상기의 심의(深
意)에 다가가지 못했고, 무당의 유명한 검수들 역시 한 번씩은 무
상기를 익히려 해보았지만 모두가 실패할 뿐이었다.

　무상기는 무당에서도 가장 익히기 어려운 심법이었지만, 천하
오절인 백로검의 유언을 따라 문원 모두가 적성을 검사받게 된
다.

　그중 유일하게 무상기를 익힐 수 있었던 것이 바로 청아였던
것이다.

　무상기를 익힌 자는 백연검로를 받는다.

　그것이 바로 백로검 현암이 시천마와 싸우러 가기 전 남긴 최
후의 유언이었다.

　그러나 무당의 장로들은 그것을 좋게 보지 않았다. 아니, 차라

리 남자가 무상기를 이었다면 인정하는 이들이 지금보다는 많았을 것이다. 그들은 그저 자신들이 약하게만 여겼던 청아가 그 힘을 얻는 것에 질투가 일 뿐이었다.

"사형도……."

청아는 무릎을 더욱 끌어안으며 목소리를 떨었다.

"제가 미우시겠지요."

그러지 않기를 바랐다.

하지만 가운악 역시 무상기를 얻은 자가 나타난 것으로 백연 검로를 얻을 기회를 박탈당해 버렸다. 청아는 입술을 꽉 깨물며 가슴속에서 울컥 치미는 화를 견딜 수밖에 없었다.

모두가 그랬다.

"너 따위가 그분의 힘을 얻어봤자!"

검고 시커먼 연기 같았다.

미움이란, 보이지 않음에도 눈꺼풀 안쪽에서 계속해서 뭉게뭉게 피어나고 있었다. 이제 눈을 감아도, 홀로 있을 때에도 그들의 목소리가 들리는 것만 같았다.

"그럴 리가 있느냐."

청아는 눈을 떴다.

머리에 얹어져 있는 건, 따스한 온기였다.

"본디 힘이란 가진 이가 그만한 심형(心形)을 지녀야 한다고 하지 않았더냐. 지금 이렇게 너를 괴롭히고 힘들게 한 이들을 백로 검께서 보았다면… 절대 좌시하지 않으셨을 거다."

이상하다.

눈앞에 있는 가운악의 웃는 얼굴을 보고 있자면 그 매캐한 연기들이 모조리 녹아 없어지는 것만 같았다.

"자신이 모자란 것을 알지 못하는 게 어리석은 일이지."

가운악은 청아의 머리를 쓰다듬으며 씁쓸한 시선을 내렸다.

"걱정 말거라, 청아야."

그는 자신의 칼집에 손을 얹었다.

백아(白芽).

그는 그 검의 이름을 굳이 그렇게 지었다.

"네 이름과 비슷하지 않느냐."

가운악은 여전히, 어릴 적부터 보아왔던 그 사람 좋은 미소로 웃었었다.

"검이란, 가족과 진배없는 것이니."

"나는 절대로 널 떠나지 않을 거란다."

눈물이 차오른다.

기어코 청아가 울음을 터뜨리자, 가운악은 그녀의 등을 토닥토닥 두드려 주며 품에 안아주었다.

그 따스함.

아마도 그녀에게 있어서 영원히 잊지 못할 온기일 것이다.

가족이 생겼다는 기쁨이란, 이제까지 느꼈던 어떠한 감정보다도 특별했으니까.

*   *   *

쏴아아아아……!

비는 마치 하늘에 구멍이 뚫린 듯 격하게 쏟아지고 있었다. 방금 전 일어난 대결의 소음도 모두 감출 수 있을 듯 말이다.

운요는 조용히 앞을 바라보고 있었다. 빗소리만이 어지럽게 귀를 울리는 참이었다.

"내가… 죽었어야 했어."

청아는 쓰러진 채로 그렇게 입술을 달싹였다.

광명은 그녀의 머리 바로 옆에 박혀 들어가 있었다.

눈물이 눈가를 타고 옆으로 흘러내린다.

청아의 손에서 검이 떨어져 내리자, 이내 소하 역시 천양진기를 거두며 그녀를 주시했다.

"사형은 그럴 사람이 아니었는데."

갑작스레 비무초친에 참여했다.

청아를 미워했다고 말하고, 사람을 가차 없이 죽였다.

마치 그가 원래 그러했던 것처럼 말이다. 하지만 청아는 그것이 사실이 아님을 알고 있었다. 어릴 적부터 보아온 가운악은 누구보다도 마음이 깊으며 따스한 심성을 가진 이였다.

"무언가가 있어."

자신이 대신 죽었더라면.

제발 그럴 수 있기를 밤 내내 빌었다. 눈을 뜨고 나면, 모든 것이 전부 예전으로 돌아가 있기만을 바랐다.

하지만 현실이란, 차가운 빗소리와 함께 다가올 뿐이었다.

그렇기에.

"도와줘."

청아는 조용히 그렇게 말했다.

"나는 아무것도 할 수 없어."

빗소리가 더욱 거세진다.

청아는 소하가 천천히 몸을 일으키는 것을 지켜보았다. 무상기를 격렬하게 전개했기에 전신에는 극도의 피로감만이 번져 있는 상태였다.

소하는 광명의 자루를 잡으며, 천천히 그것을 뽑아 들었다. 그녀는 이를 꽉 악문 채로 그를 바라보고 있을 뿐이었다.

자신을 죽여도 좋다.

백연검로는 어차피 한 명에게만 전수되는 것.

소하가 더 강하다는 것이 증명되었으니, 그가 백연검로를 이으면 되는 일이다.

다만, 청아는 가운악의 죽음에 대한 진상을 알고 싶었다. 그렇기에 소하에게 검을 겨눴던 것이다.

소하의 눈이 운요를 향했다.

"네가 정해."

운요는 픽 웃어 보일 뿐이었다.

"그럼……."

소하는 굉명을 어깨에 걸치며 여전히 싸늘한 목소리로 말을 이었다.

"조건이 있어."

청아도 예상한 일이었다.

무림에서 호의를 바라지 않았다. 서로가 서로의 목숨을 언제라도 취할 수 있는 세상, 일방적인 호의를 보이는 것이 이상한 일이다.

그렇기에 청아는 소하가 원하는 것은 그 어떤 것이라도 제공하고 싶었다.

"내가 할 수 있는 것이라면… 무엇이든."

"예전부터 자꾸 너, 너하고 부르던데."

말이 끊겼다.

청아는 여전히 쓰러진 채로 눈을 동그랗게 뜨고 있었다.

"이제부터는……."

손이 뻗어져 왔다.

빗소리는 점점 더 거세져 왔다. 아마도 내일이 오기 전까지는 계속해서 퍼부을 셈이겠지.

청아는 멍하니 그 손을 바라보고 있었다.

"소하라고 불러."

온몸이 차갑다. 비를 맞아서일까.

그녀는 손을 뻗어, 조심스레 소하의 손을 붙잡았다.

따뜻하다.

천양진기로 데워진 몸은 잡는 순간 따스한 온기를 전해주고 있었다.

그때와 같았다.

"들어가지. 막상 그래놓고 앓아누우면 다 의미 없으니까."

"하긴 그렇네요."

소하는 청아를 일으키며 천천히 부축했다. 그녀는 지금, 전력을 쏟아내 걸음도 걷기 힘든 몸이었던 것이다.

"왜……?"

청아의 입에서 멍한 목소리가 흘러나왔다.

왜 소하는 자신을 돕는가? 도움을 청한 이가 그런 물음을 하는 게 우습기는 했지만 그녀는 정말로 그의 의도를 잘 이해할 수 없었다.

소하는 청아를 부축한 채로 웃었다.

"나도 그랬으니까."

청아의 검과 부딪쳤을 때, 왠지 모르게 소하는 이제까지 그녀가 쌓고 또 쌓아왔을 아릿한 감정들을 느낄 수 있었다.

노인들은 그것이 칼을 '나눈다'는 것이라고 했었다.

"사람은 대화를 하지. 그리고 무인은 칼을 나누며 서로의 마음을 통하게 한단다."

현 노인은 그렇기에 자신이 마 노인이나 척 노인과 함께할 수 있었다면서 웃었다. 아마도, 천하오절이 되기 전에 그들은 몇 번씩 서로 싸워 본 모양이었다.

마 노인이 옆에서 불퉁거리긴 했지만, 그 역시 현 노인의 말에는 반박하지 않았다.

청아의 백연검로는 이제까지 느껴왔을 처절한 감정들을 고스란히 간직하고 있었다. 소하는 그것을 마주하자 마치 수라도와 싸울 때의 자신이 그대로 쏟아져 나오는 듯한 기분이 들었다.

그렇기에 그녀를 도와주고 싶었다.

현 노인이 했던 것처럼, 누군가에게 있어 혼자가 아니라는 것을 알려주고 싶었다.

"올곧게."

현 노인이 마지막에 했던 말처럼.

"마음을 따르고 싶어."

"무슨 뜻인지 모르겠군……."

그녀는 후우 하고 길게 숨을 뱉었다. 속에서 위액이 역류해 목이 따끔거리며 아파오고 있었다.

하지만 가슴속이 떨린다. 살점과 뼈에 감춰진 이 '마음'이라는 것이 소하의 말을 듣자 저도 모르게 고동을 전하고 있었다.

"고맙다, 소하."

그저 이 말만을 내뱉을 뿐이었다.

소하는 빙긋 웃었다.

*　　　*　　　*

"이야기는 들었다."

어두운 동굴.

아귀도는 발을 들였을 때 들려오는 목소리에 인상을 구겼다. 선객(先客)이 누군지 알 수 있었기 때문이다.

"인간도(人間道)……."

그곳에 있는 것은 마치 송곳처럼 비쩍 마른 승려와, 뒤쪽의 돌에 걸터앉아 있는 근육질의 장한이었다. 둘 다 아귀도와 같은 가사를 걸친 채로, 형형한 안광을 빛내고 있는 형국이었다.

"수라도는 죽었나?"

"아마도."

그는 귀와 뺨에 뭉친 딱지들을 손으로 털어내며 중얼거렸다. 칼날에 찔린 상처들은 계속해서 곪으며 진득한 고름을 내뱉고 있었다.

"육도에 이른 이가 허무하게도 갔군."

인간도라는 자가 피식 웃으며 중얼거리자, 맨 뒤의 장한은 조용히 고개를 들었다.

"누구와 싸웠지? 연백룡이었나?"

"백연검로."

그것에 두 명의 표정이 굳어졌다.

"만났던 거로군."

"그렇다."

그는 둥글게 파인 홈에 고여 있는 물을 퍼내 얼굴을 닦았다. 오랜 도주 끝에, 겨우 이곳에 도달할 수는 있었지만 체력이나 내공은 거의 고갈된 뒤였다.

인간도는 흠 소리를 내며 고개를 끄덕였다.

"확실히, 수라도가 당할 만했어."

"그는 다른 자에게 당했다."

"허?"

인간도의 표정이 다시 한 번 일그러지며 짙은 살기가 그의 몸에서 무럭무럭 피어났다.

"중원 놈들 중에 그럴 만한 자가 있었다? 계획이 어그러지기라도 했나?"

"아니, 제대로 돌아갔었다. 내가 상대한 놈들이 거기서 가장 강한 자들 중 하나였지만… 굉천도의 무기를 가진 놈이 있었다."

쿠드드득!

그 소리와 함께, 뒤쪽에 있던 장한이 붙들고 있던 돌벽을 손가락으로 부쉈다.

"그 꼬마인가."

그는 바로, 소하와 묵궤를 두고 싸움을 벌였던 자였다.

"천상도(天上道). 알고 있나?"

"맹랑한 놈이었다."

천상도의 입가에 웃음이 맴돌았다. 소하와 한 번 싸웠을 때, 그에게서 느껴지던 심상찮은 기운을 알 수 있었기 때문이다. 또한 그는 정보책을 통해 소하가 꾕명을 얻었다는 사실까지 접한 뒤였다.

"그놈이 수라도를 죽였다?"

인간도의 물음에 아귀도는 고개를 끄덕였다. 도망치면서 보았던 수라도의 시체와 주변의 상흔으로 미루어 보건대, 그럴 확률이 가장 컸기 때문이다.

"꾕천도법을 가진 놈이다."

"천하오절…… 사라져서도 우리를 방해하는군."

뿌득 이를 간 인간도는 이내 아귀도의 상태를 보고는 인상을 찌푸렸다.

"그대로는 오래 움직이기 힘들 것 같군."

"조금만 쉬면 된다."

아귀도는 후아 소리를 내며 바닥에 걸터앉았다.

몸이 비로 인해 젖긴 했지만, 내공심법을 운용하면 이 역시 금방 말라 버릴 것이었다.

"천하오절의 무공을 지닌 놈들이 이렇게도 많았던가?"

"아니, 정보에 없던 자들이다."

애초에 그들이 알고 있는 건 전승자들의 정보다. 초량이나 곡원삭 같은 이들을 제외하고 청아나 소하에 대한 정보는 아예 존재하지 않았다.

"그렇다면 이번에도……."

"실패했다는 거겠지."

천상도의 말에 인간도는 찢어죽일 듯 아귀도를 쏘아보았다. 하지만 그는 이미 눈을 감은 채 운기조식에 들어간 뒤였다.

"이번엔 내가 나선다."

"아니, 방식이 틀렸다."

천상도는 인간도의 말을 자르며 몸을 일으켰다. 그러자 그의 몸에서 은은한 비취빛의 기운이 일어나며 동굴을 밝히고 있었다.

"이번엔 다 같이 움직이도록 하지. 남은 둘은 아직 다른 자들을 쫓고 있으니 무리겠지만… 수라도와 같은 경우를 다시 볼 수는 없다."

여섯의 동지 중 하나를 잃었다.

소수로 움직여야 하는 그들의 경우를 생각한다면 크나큰 피해라고 할 수 있었다.

"갑자기 뭐지? 그렇게도 움직이지 않던 작자가……."

"생각이 조금 바뀌었다."

그는 조용히 손을 들어 올렸다. 그러자 몸에서 일던 기운이 강렬한 불꽃처럼 바뀌며 동굴을 비취빛으로 물들이기 시작했다. 이전 그가 보였던 기운과는 비교할 수도 없을 정도로 막대한 양이었다.

"그 꼬마는 위험하다."

소하에게서 느꼈던 불안은 결국 수라도의 죽음으로 이어졌다.

그가 굉명을 획득했다는 것에도 상당한 부담이 일었던 게 사실이었다. 처음엔 그저 어렴풋이 드는 생각일 뿐이었지만, 그것은 이윽고 확신으로 변했다.

천상도는 이번에야말로 소하를 반드시 뒤쫓아야만 한다고 결심했던 것이다.

"여기서 죽여둬야 하겠지."

*   *   *

"빨리 떠나는구나."

유원은 쓸쓸한 표정을 지었다.

다음 날, 소하는 짐을 챙겨서 백영세가를 나서게 되었다. 운요와 청아가 함께 있는 것에 유원은 몇 번이고 망설임이 들기는 했지만, 이윽고 꾹 그것을 참으며 그를 바라보았다.

"오라버니가 나오시지는 못했지만, 이해해 줘."

"괜찮아."

소하는 씩 웃을 뿐이었다. 옆쪽에서는 시녀들이 부산스레 먹을 것을 넣어둔 보따리를 운요에게 전하는 중이었고, 청아 역시 약간 받아둔 여비를 전낭에 넣어 허리춤에 묶고 있는 참 이었다.

"이번에는 어디로 갈 참이야?"

"조금 더 멀리."

호북의 아침은 제법 선선하다. 소하가 고개를 들자 흰 구름 들이 잔잔히 푸른 하늘 위를 흘러가고 있는 모습이 보였다.

"높은 곳으로."

유원은 그런 소하의 눈길을 따라 하늘을 올려다보았다.

따라가고 싶었다.

그녀 역시, 늘 철옥에서부터 바랐던 한 가지가 있었으니까.

"예전부터 생각했었는데."

유원은 뒤를 바라보았다. 그녀를 따르는 백영세가의 가솔들 이 우르르 몰려 나와 소하 일행을 배웅하고 있었다.

"너는 늘… 자유로운 것 같아."

그래서인지 자꾸 깨닫게 되는 것이다. 그가 얼마나 빛나는 존재인지, 그리고 자신이 그의 옆에만 있다간 어떻게 바래 버 릴지 말이다.

유원은 그렇기에 자신만의 길을 걷기로 결심한 것이다.

"고마워."

소하는 아무 말도 하지 않았다. 그저 운요와 청아의 준비가
끝나자, 천천히 몸을 돌릴 뿐이었다.

"그럼 갈게."

그의 등에는 거대한 도 하나가 매어져 있었다.

굉명.

천하오절의 일인인 굉천도의 유품이자, 무림에서 가장 유명
한 무기 중 하나이기도 했다.

"응."

그리고 셋은 천천히 백영세가에서 멀어지기 시작했다.

소하는 아무 말도 하지 않았다. 보다 못한 청아가 슬쩍 운
요에게 눈짓할 때에도, 그저 앞으로 걷기만 할 뿐이었다.

"제대로 인사하지 않아도 괜찮겠냐?"

"네. 어차피… 다시 만날 건데요."

소하의 말에는 강한 확신이 담겨 있었다.

"그러냐."

하지만 그는 왠지 모르게 소하가 대답을 하지 않은 이유를
알 것만 같았다.

'자유라……'

소하는 아마 말하지 못했을 것이다.

자신의 여행, 지금 이 걸음이 과연 자유로운 것인지 확신할
수 없었기 때문에 말이다.

등에는 거대한 도를 짊어진 채다. 운요는 그런 소하의 모습

에 조금은 씁쓸함이 느껴질 정도였다.

'천하오절은… 무거운 유산(遺産)을 남겨줬군.'

그리고 그는 자신의 손을 바라보았다.

이전, 청아의 백연검로를 보았을 때의 충격이 아직 눈에서 가시지 않은 터였다.

누구보다도 빠른 검.

운요는 자신의 비홍청운이라고 해도, 당시의 백연검로에 대적할 수 있을까라는 의문이 들었다. 청성파의 비검이라 해도 아직 운요 자신이 그것을 다루기에 부족한 점이 많았기 때문이다.

'아직 부족하다.'

그렇기에 더더욱 수련해야만 한다. 그는 슬쩍 옆에 있는 청아에게로 시선을 돌렸다.

그녀는 짐 속에 가운악의 뼛가루를 담은 상자를 넣어두었다. 그것이 유일한 짐인 것처럼, 품에 꼭 안은 채로 걸음을 옮기고 있었다.

'이것 참.'

운요는 아무 말도 없이 조용한 두 명을 바라보다 헛웃음을 흘렸다.

'생각이 많구만, 다들.'

그들이 어떤 생각을 하는지는 알 수 없다. 그러나 이들 모두가 향하는 곳은 한곳이었다.

"운… 소협이라고 했습니까."

"소하한테 하듯이 편하게 불러."

청아는 끙 소리를 내더니만, 이내 깊게 한숨을 내뱉었다.

"감사하단 인사를 하고 싶었다."

"그래야지. 이렇게 다 같이 움직이기까지 하는데."

청아는 운요 같은 성격이 편하지 않다. 그렇기에 자연스레 미간을 살짝 찌푸리며 어깨를 좁히고 있었다.

"나중에 대련이나 해보자구. 백로검의 무공을 보여주는 거면 이쪽이 남는 장사니까."

청아 역시 운요의 기량을 얼추 짐작하고는 있었다. 청성파라면 전대의 구대문파라 해서 무당과 어깨를 나란히 했던 곳이니까.

"그래."

"좋군."

씩 웃은 운요는 그걸로 다 된 거라며 청아의 불안을 덜어주었다.

"넌 뭘 그리 고민하고 있냐."

소하에게의 물음에 소하는 흠 소리를 내며 허공을 올려다보았다.

"아니에요."

그녀는 무엇이 고맙다는 것이었을까.

사람의 마음을 헤아리기란 무척이나 어렵다. 오로지 심중(心

證)만을 가지고 모든 것을 판단해야 하는 것이다. 아니, 어쩌면 세상을 살아간다는 건 늘 그러한 것일지도 몰랐다.

'아직도 어리다는 거겠지.'

소하는 그런 자신이 조금 서글퍼지긴 했지만, 이내 그런 감정을 거우 걷어내며 눈을 들었다.

"가죠."

갈 길은 멀었으니까.

"무당산으로."

第二章
무당파

청운(靑雲)!

더위가 어느덧 한풀 꺾이고 나자, 곧 푸르른 하늘은 시원한
바람을 쏟아내며 구름을 흔든다. 그에 따라 드넓은 풀밭은 잎
사귀 소리를 이리저리 흩어내고 있었다.

"청산(靑山)에 청운이 흐르니, 이 어찌 콧노래를 읊지 않고
배길쏘냐!"

"도, 도련님… 너무 목소리가 크십니다."

단정하게 무복을 차려입은 청년은 이윽고 웃음을 토하며
손을 뻗었다.

"어리석은 녀석이로구나! 이처럼 좋은 날에 노래가 나오지

않겠느냐!"

하인의 머리를 세게 후려친 그는 이윽고 히죽거리며 하늘을 올려다보았다.

"길일(吉日)이라! 정말 모든 일이 순탄하게 풀려가는구나!"

"어르신께서는 가문의 체통을 지켜야 한다고 말씀하셨습니다."

청년은 부자인 아버지의 그림자에 기대어, 호의호식(好衣好食)한 지 스무 해가 되던 날, 결국 보다 못한 청년의 아버지가 무림에 나가 무공이라도 배워 오라며 그를 내쫓은 지가 어언 일 년이 되어가는 터였다.

"그래서 내 가고 있지 않더냐! 이제 유람은 얼추 끝났으니, 무공이란 것도 한 번 겪어보는 게 좋겠지."

하인은 부루퉁한 입술을 쭉 내밀었다. 부모님에게서 받은 돈을 방탕하게 소모하다 전부 탕진한 뒤, 면목이 없으니 소개받았던 문파에 얼굴을 슬쩍 내밀려는 속내는 이미 알고 있었다.

'이제 와서 뭘 하겠다고.'

그는 툴툴대며 고개를 돌렸다. 아무리 무지하다고는 해도 하인 역시 무림의 사정에 대해서는 귀동냥으로 알고 있었다.

어릴 적부터 피나는 수련을 쌓는 이들이 비일비재한데 이제 와서 이 청년이 무엇을 할 수 있겠는가.

"뭐, 금방금방 따라갈 것이다. 내 재능을 모르는 이가 있겠느냐."

하인은 더 이상 말하기도 힘들다는 듯 한숨만 푹푹 쉴 뿐
이었다. 홀로 짐을 멘 채 오랜 시간을 걷고 있으니 다시 발바
닥의 물집이 전부 터져 버린 기분이 들었다.

"도련님, 그건 그렇지만 제가 죽겠습니다요."

"어허, 조금만 더 가면 쉼터가 나온다고 했다."

그의 말에 말문이 막힌 하인은 끙끙 소리를 내며 걸음을
옮겼다. 가죽신 아래로 피가 흐르기라도 하는 듯, 끈적하게
미미한 고통이 어려오고 있었다. 거기다 어깨까지 무거워진
다. 하인은 땅이 꺼질 듯 한숨을 뱉으며 고개를 들었다.

"도련님, 산을 오르려면 저도 일단 좀 쉬어줘야 하지 않겠습
니까. 그러니……."

그 순간 하인은 고개를 갸웃거렸다. 이상했다. 청년은 호탕
하게 팔을 저으며 걸어가고 있거늘, 하인은 온몸이 묘하게 무
거워진 감각이 들었던 것이다.

'짐 때문에 그런가?'

하지만 평소에도 쌀가마니를 번쩍번쩍 들었던 자신이다. 아
무리 엄살을 부렸다고는 해도 이 정도 거리를 걸은 것으로 지
칠 리는 없었다.

다시 한 번 하인이 발을 옮기려 하자, 마치 추를 단 듯한 무
게가 허벅지에 어렸다.

"뭐지?"

그는 혼잣말을 되뇌며 힘껏 땅을 밟았다. 그러자, 다시 겨우겨우 앞으로 나아갈 수 있게 되었다. 감기라도 걸린 것일까. 하인은 눈살을 찌푸리며 다시 청년의 뒤로 걸음을 빨리했다.

콧노래를 부르던 청년은 이윽고 눈앞에 보이는 길목을 보고는 멈춰 섰다.

자랐던 풀들이 어느새 사라져 있다. 오르막이 끝나고 한참 지속되던 평원 역시 끝나는 모양이었다.

"여기로구나."

그는 고개를 들어 올렸다.

안개에 끼어 있는 산. 그곳은 험준해 보이기도 하지만, 청년에게는 자신의 멋진 미래를 상상하기에 알맞기도 했다.

"도, 도련님……."

"음?"

청년은 고개를 돌리며 인상을 썼다. 벌써 뒤처지다니! 비싸게 밥을 주고 부려먹는 하인이니만큼, 이 정도에 약한 소리를 한다는 게 용납할 수 없었다.

"이놈! 어디서 엄살을 부리느냐!"

"아니, 그, 그게……."

하인은 이제 새파랗게 질린 표정이 되어 있었다. 뭐가 뭔지 하나도 모르겠다는 듯, 그는 벌벌 어깨를 떨며 허리를 숙이고 있었다.

"가, 가시면 안 될 것 같습니다."

"그건 또 뭔 소리냐?"

그는 과장스레 표정을 일그러뜨렸다.

"네가 쉬고 싶으니까 이제 억지를 다 부리는구나! 그렇게 자꾸 이상한 짓거리를 해대면 버리고 가겠다!"

"저, 저는… 욱!"

그는 이윽고 허리를 굽히며, 토악질을 해대기 시작했다.

웩 하는 소리와 함께 누런 토사물이 바닥을 적시자, 청년은 더욱 인상을 찌푸리며 뒤로 물러섰다.

"어허! 이제 별짓을……!"

"그 녀석은 감이 좋군."

갑자기 귓전에 틀어박히는 목소리.

청년은 등골이 서늘해지는 기분에 냉큼 고개를 돌렸다.

그곳에는 커다란 바위가 있었다. 이제까지 눈치채지 못했지만, 그 묵빛 바위 위에는 한 중년인이 앉아 있었다.

"살기를 감지했다는 건 조금이나마 무의 소질이 있다는 뜻이다. 자신에게 감사해라."

"다, 당신은 누구요? 나는 비가장(緋家場)의……!"

"칼을 풀어라."

청년은 마치 소름이 돋는 것만 같았다. 그가 말한 순간, 마치 북해(北海)에서 불어온 바람처럼 냉기가 몰려왔기 때문이다.

"뭐, 뭐라고……?"

"칼을 풀라고 말했다."

그는 자신의 손가락을 슬쩍 아래로 내렸다.

해검지(解劍地).

묵빛 바위에 적힌 글씨는 바로 그것이었다.

"아, 알겠소."

청년은 후다닥 자신의 허리에 매어진 칼을 풀었다. 철컹, 하는 소리와 함께 칼집이 떨어져 내리자 중년인은 조용히 서늘한 눈으로 청년과 덜덜 떨고 있는 하인을 번갈아 바라보았다.

"피해라."

"뭐……?"

콰사아아아앗!

하인은 번개가 내려친 것만 같았다. 등 뒤에서 무언가가 날아오는가 싶었고, 그것이 이내 청년의 몸에 맞는다는 느낌이 든 순간 모든 것이 붉은빛으로 물들었기 때문이다.

"흐, 흐아아아악!"

그는 온몸이 피범벅이 되며 비명을 질렀다.

중년인의 손에서 펼쳐져 나온 검풍은 청년의 상체를 예리하게 잘라 버리며 허공으로 사라졌다.

멍하니 입을 벌린 채 떨어져 내리는 청년의 몸에 하인은 팔다리를 마구 휘저으며 그 자리에서 벗어나기 위해 발버둥을 치고 있었다.

"벌레 같은 놈이었군. 미안하다."

"아, 아아아악! 으아아악!"

중년인은 뒷머리를 긁으며 나지막이 중얼거렸다.

그 순간 그의 몸이 사라진다.

하인은 도망치기 위해 몸을 뒤집던 도중, 자신의 옆에 서 있는 다리를 보았다.

"지금은 아무도 통과시켜서는 안 되거든."

파아아악!

어느새 그쪽에 안착한 남자는 자신의 칼집을 내려찍는 것으로 하인의 머리를 박살 내버렸다.

"이 정도로는 부족하군."

칼을 쥔 손을 몇 번 흔들어본 그는, 이내 핏방울이 흘러내리는 검신을 보며 눈살을 찌푸렸다.

"도달하기에는… 아직도 멀었겠지."

그리고 곧 중년인은 고개를 돌렸다.

험준한 산의 중턱.

아직 이곳에 올라올 자들은 많아 보였다.

"기다리도록 하지."

＊　　　　＊　　　　＊

"무당파 주변에는 뭐가 있어?"

"……."

청아는 진절머리 난다는 눈으로 소하를 흘겨보고 있었다. 옆에서 운요는 적극 동감한다는 표정을 지었지만, 굳이 청아에게 소하의 성격에 대해서 설명해 주지는 않았다. 그는 이 상황이 적잖이 재미있었기 때문이다.

한동안은 청아를 배려해 줬는지 말이 없던 소하였지만, 이내 무당산이 있는 곳까지 다가가자 저절로 말이 많아지기 시작했다. 제대로 구경하지 못한 곳이 많았기 때문이다.

"나도 나가본 적이 없어서 몰라."

청아는 퉁명스레 그리 답할 뿐이었다.

"뭐, 산뿐이지."

결국 운요가 거들어주었다. 그 역시 방문해 본 적은 없지만, 이전부터 구대문파끼리의 회동이 있을 당시 무당산에 대해서는 제법 들어왔기 때문이다.

"원래 무당파는 주변과 교류를 거의 하지 않는 곳이지."

"왜 그렇죠?"

"뭐… 좋게 보자면 자부심이 있다는 뜻이지."

청아의 눈치를 살핀 운요의 목소리에 그녀는 시선을 돌릴 뿐이었다. 무당파로 다가갈수록, 안 좋은 감정들만이 물씬 피어났기 때문이다.

가운악을 움직인 것은 무당파다.

운요는 청아에게 그 사실을 말해주었다. 그 순간 청아의 머릿속에는 여러 생각이 연기처럼 피어날 수밖에 없었다. 어째서 가운악이 그렇게 행동할 수밖에 없도록 만들었는가? 그녀로서는 도저히 알 수 없는 일이었다.

'모든 건 도착해서 알아봐야겠지.'

그렇기에 군말 없이 무당파로 향하고 있는 것이다.

서로 이야기를 주고받던 소하와 운요는 어느덧 넓은 초원이 끝나는 것에 눈을 들어 올렸다.

닦인 길이 존재하기는 하지만 오랫동안 사람의 발길이 없었는지 모두 풀에 뒤덮여 있는 모습이었다.

"여기가 초입(初入)인가."

서서히 가팔라지는 언덕이 보인다. 그리고 그 앞으로는 울창한 산으로 들어가는 입구가 있었다.

"원래는 대문이 있지만, 이쪽은 문원들이 사용하는 곳이다."

청아는 앞으로 성큼 발을 내디디며 주변을 둘러보았다. 무당파로 들어가는 입구는 지나칠 정도로 고요했다.

'이상해.'

뒤에서 따라오는 소하와 운요의 모습에 그녀는 천천히 걸음을 옮기기 시작했다. 하지만 계속해서 의혹이 머릿속을 맴돌고 있었다.

'보통 순찰을 도는 이들이 있을 텐데…….'

무당파는 아침이 되면 산을 돌면서 마음을 환기(換氣)시키는 의식을 연다. 그렇기에 지금처럼 아예 쥐죽은 듯 고요하기란 거의 불가능에 가까웠던 것이다.

"무당파는 검으로 유명한 곳인가요?"

"음. 그렇다고들 하지. 태극검이라 하면 다 알잖아? 하지만 그 외에도 장법(掌法)이나 권각(拳脚)도 무시 못 할 곳이지. 괜히 구대문파 중에서도 한 수 위로 쳐주는 게 아니야."

"오호……"

청아가 그런 걱정을 하든 말든 소하와 운요는 마치 산보를 나온 듯 평온하게 대화를 나누는 중이었다.

"물론 청성파도 한 수 위였지."

"구대문파에서 낮은 곳은 그럼 어디였나요?"

"흠……"

운요가 대답하기 어려워 큼큼 소리만 내자, 소하는 눈을 돌려 안쪽을 바라보았다.

한 명 정도의 사람이 겨우 다닐 만하게 돌이 배열되어 있는 모습이었다.

"원래 뒤쪽은 이렇게 올라가기 힘든 건가?"

운요의 물음에 앞장서던 청아는 고개를 끄덕여 보일 뿐이었다. 본디 신법이 뛰어난 이들이라면 자연스럽게 이동할 수 있는 구간이기 때문에, 무당파에서는 길을 닦는다는 생각을 하지 않는 모양이었다.

"수련하라는 의미겠죠."

"참 대단도 하군."

결국 소하와 운요도 경신법을 이용해 몸을 튕기며 청아의 뒤를 따랐다.

청아가 무공을 사용해 올라가다 보니 점차 거리가 벌어지고 있었던 것이다.

올라가며 고개를 돌려보니, 군데군데 발자국들이 남아 있는 모습이 보였다.

돌을 파고든 발자국들. 수백이 넘는 시간 동안 같은 길을 이용해 왔기에, 돌에는 매끈하게 찍힌 발자국들로 가득한 모습이었다.

"이 정도 거리를……"

개중에는 소하가 상상할 수 없을 정도로 먼 거리를 단번에 도약한 자국도 존재했다.

"무공이란 원래 천외천(天外天)이 있는 법이지. 백로검도 그러한 분이셨고."

그렇다. 천양진기 사식에 도달하기는 했지만, 소하는 아직까지 자신이 천하오절과 검을 겨룰 수 있다고는 생각지 않았다. 내공을 모두 잃은 노인들의 힘이 지금의 자신보다도 강했던 것이다.

'대체 할아버지들은……'

그렇기에 제대로 파악이 되지 않았다.

대체 천하오절이란 이름으로 불렸을 때의 네 노인은 어떠한 존재였다는 것일까.

"저긴가."

청아가 멈춰 서는 모습이 보인다. 소하는 운요가 먼저 앞서 나가는 것을 보며 조용히 손을 꼭 쥐었다.

노인들의 얼굴이 눈앞을 가로지르고 있었다.

타앗!

바위를 밟는 즉시, 소하의 몸이 가볍게 허공을 가르며 운요의 뒤를 바싹 따라붙었다.

그리고 정상에 이르자, 청아는 제비처럼 위로 치솟아 오르며 땅에 내려앉았다. 어느덧 중턱을 넘어, 문파의 본원(本院)이 있는 곳까지 도달했던 것이다.

'역시 이상하다.'

아무도 없다.

보통이라면 적어도 다섯 이상은 만났어야 옳은 일이었다.

청아는 온몸에서 내공을 내뿜으며 고개를 돌렸다.

건물들은 그대로다. 그저 죽음과도 같은 적막함만이 감돌고 있을 뿐이었다.

"웃차."

운요와 소하가 올라오자, 청아는 더욱 인상을 쓸 수밖에 없었다. 분명 누군가가 상황을 감지했을 텐데도, 모습을 드러내는 이가 없었던 것이다.

그 순간.

그녀의 기감에 기척이 붙잡혔다.

카라라랑!

뽑혀져 나오는 검.

청아는 단숨에 칼을 뽑으며 앞을 주시했다.

그리고.

"처, 청아가 아니냐."

그곳에는 한 남자가 서 있었다. 삼십 대 정도로 보이는 말쑥한 모습이었다.

"자소(自疏) 사형."

자소라 불린 자는 양손을 들어 올린 채 당황한 표정을 짓고 있었다.

"정문으로 오지 않은 데다 다짜고짜 칼을 빼 들어서 놀랐지 뭐냐."

"죄송합니다."

청아가 바로 칼을 거두자, 그는 고개를 끄덕이며 씩 미소를 지었다.

"그래, 고생했다. 너도 인사를 드리러 가자꾸나. 따라오너라."

"예."

잠시 그녀의 눈에 의혹이 일었지만, 청아는 순순히 두 명에게 손을 까닥여 가까이 오게 했다.

"연이 닿아 같이 오게 된 이들입니다."

두 명이 슬쩍 고개를 숙여 보이자, 자소는 흠 소리를 내며 뒷머리를 긁적였다.

"그러냐. 일단 손님들은 청효전(淸效殿)에 계시도록 하거라. 장로님들께 인사를 올리는 게 우선이니……."

"알겠습니다."

인사를 올리자 자소는 몸을 돌려 즉시 앞쪽에 있는 거대한 전당 하나로 사라졌다. 산 위는 여러 전각들이 자리한 거대한 평지가 펼쳐져 있었다.

"흐음."

운요는 턱을 문지르며 고개를 돌려보았다.

대략 일곱 개의 거대한 전각이 세워져 있는 데다, 작은 건물들만 해도 수십을 호가한다. 구파 중 가장 오래된 축에 속하는 무당이기에 그만큼 역사가 깊은 것이다.

"이상하군."

"그렇네요."

청아는 후우 하고 숨을 내뱉었다. 그들 역시 위화감을 느끼고 있었던 것이다.

청아의 무상기는 주변 대기를 잠식할 정도로 강한 기운을 자랑한다. 그리고 그런 그녀의 기감에 잡혔던 것은 바로 자소의 감정이었다.

적의(敵意).

'역시 무언가가 있어.'

가운악에 대한 진실을 알아야만 한다.

청아는 그렇기에 다시 이곳으로 온 것이다.

"따라와."

그녀가 걸어가는 것을 본 소하는 가볍게 고개를 돌렸다.

그 눈.

천양진기로 인해 강화된 소하의 눈은 은밀하게 움직이고 있는 이들을 놓치지 않았다.

'우리를 감시하고 있다.'

아마도 이들은 소하 일행이 이곳으로 온다는 사실을 이미 알고 있던 모양이었다. 절묘하게 은신을 하고 있다지만 소하의 눈을 피할 수는 없었다.

'이전에 봤던 사람이랑 비슷하네.'

이전 소하와 만났던 신비공자 단리우의 부하인 일영의 은신은 이제까지 백영세가의 그 누구도 눈치채지 못했다. 백류영을 포함한 고수들까지 말이다.

그 사실을 소하는 알지 못할 뿐이었다.

그들과 현재 무당파에 숨어 있는 자들이 비슷하다 느낀 소하는 잠시 그들을 바라보다 이윽고 몸을 돌렸다.

수라도와 같이 당장에라도 죽일 것처럼 살기를 불태웠다면 상황은 달랐겠지만, 현재 무당파에서 숨어서 그들을 감시하는 자들은 소하와 운요의 등장에 경계심을 곤두세운 듯한 느낌이었다.

무당파의 인물들이 무슨 이유로 그런 태도를 취하는지는 알 수 없었지만, 당장의 위협은 되지 않을 듯해 보였다.

더군다나.

소하는 천천히 걸음을 옮기며 주변을 바라보았다.

"여기가……."

현 노인이 있던 곳이다.

그 사실을 떠올리자마자, 가슴속이 따스하게 물드는 것만
같았다.

*   *   *

소하와 운요를 청효전에 보낸 뒤 청아는 자소의 뒤를 따라
장로들이 머물고 있는 자영전(紫影殿)으로 향했다.

청아 역시 두어 번밖에 방문하지 못한 곳이자, 무당파의 가
장 안쪽에 위치한 장소이기도 했다.

자소는 가는 도중 아무 말도 하지 않았다. 그저 묵묵히 걸
음만을 앞으로 향할 뿐이다.

평소 그는 청아를 괴롭히는 이들 중 하나였다. 이후 청아가
백연검로를 얻었다는 사실을 알았을 때, 어린 그녀를 마구 때
렸던 자이기도 했다.

가운악이 와서 그와 크게 싸우지 않았다면, 아마도 청아는
팔이나 다리 중 하나를 못 쓰게 되었을 것이다.

"건강해 보이는구나."

"사문의 덕입니다."

그 말에 묘한 감정이 실려 있다는 걸 모를 청아가 아니었
다. 어차피 처음부터 그를 경계하는 마음으로 가득했던 참이
었기에, 그녀는 자소에게서 시선을 떼며 위쪽을 주시했다.

자영전의 끄트머리에는 늘 은은한 보랏빛의 구름이 맴돌고
는 했다.

준엄한 무당산의 기운이 일으킨 신비한 현상이었기에 이 장
소에 장로를 비롯한 사조들의 자리가 마련되어 있는 것이다.

하지만 늘 청아는 이곳에 올 때마다 숨이 막히는 것만 같
았다. 장로들이 가진 미움을 그대로 느낄 수 있는 장소였기
때문이다.

"자소가 왔습니다."

자신이 왔음을 고하며 허공에 포권한 그는, 빠르게 말을 뒤
이었다.

"본문제자 청아가 돌아왔기에, 데리고 들어왔습니다."

그와 동시에 거대한 자영전의 문이 열렸다.

청아는 보랏빛 안개가 서서히 걷혀 나가는 것에 숨을 들이
켜며 안을 주시했다.

그곳에는 팔 척에 달하는 키를 지닌 거한 두 명이 서 있었
다. 장로를 모시는 무당칠검의 두 명이었다.

"들어가라."

그들의 눈이 악의를 담은 채 청아를 향했다. 그들은 늘 그
러했다. 자신들이 더 강해질 수 있는 유일한 가능성이었던 백

연검로를 빼앗겼다고 여겼을 때부터 청아를 미워하기 시작한 것이다.

그녀는 주먹을 꽉 쥐며 앞으로 향했다. 자영전의 안뜰은 여름임에도 불구하고 싸늘한 서리가 내려앉아 있었다.

사박사박 소리가 인다. 자소는 조용히 청아에게로 고개를 돌렸다.

"검을 내려놔라."

청아는 몸을 멈췄다.

장로전에 검을 들고 들어간다는 건 엄연한 기사멸조의 죄다. 그들을 공격할 여지를 남겨두는 일이기 때문이다.

그녀는 조용히 허리춤에서 자신의 검을 풀어내었다.

칼집을 넘기는 청아를 보며, 자소는 조용히 말을 이었다.

"다른 것도."

그녀는 두 자루의 칼을 차고 있었다. 하나는 자신의 검인 청아, 그리고 남은 하나는 가운악의 검인 백아다.

"유품(遺品)입니다."

그 말에 자소의 눈썹이 살짝 일그러졌다. 그 역시 그 칼이 가운악의 것임을 알고 있었던 것이다.

"그런가."

유품이란 뜻에 대해 모를 리가 없었다.

"그 머저리 같은 놈, 결국 죽어 자빠졌군."

청아의 눈이 무서운 살기로 물들었다. 마치, 피가 쏠려 새빨갛게 충혈되는 것처럼 느껴질 정도였다. 그러나 그녀는 필사적으로 그 기운을 자신의 속에서 맴돌도록 만들고 있었다.

"묶어라."

자소는 품에서 천을 꺼내 던져주었다. 이것으로 칼집과 칼을 봉인하라는 뜻이다.

청아는 천으로 백아를 묶어 자신의 허리에 비껴 맸다. 쉽사리 뽑지 못하도록 허리 뒤쪽으로 칼을 향하게 한 뒤에야 자소는 다시 걸음을 옮겼다.

문이 열린다.

자영전의 문이 무거운 소리를 내며 열리자, 청아의 머릿속에는 운요의 말이 맴돌았다.

'사문의 명이라고 했었지.'

가운악의 비무초친 참가는 무당파에서 사주했다는 뜻이다. 그것에 청아는 처음에는 믿을 수 없었고, 곧이어서는 얼이 빠질 정도로 허무해져 버렸다.

그가 그러한 행동을 벌인 것이 바로 장로들의 의지였다는 것인가?

차디찬 모습을 보이면서까지 필사적으로 자신을 끊어내려는 가운악을 보았을 때 느꼈던 아픔이 아직까지도 가슴속을 꽉 채우는 것만 같았다.

그녀는 발을 옮겨 자영전의 안으로 들어섰다.

어둠. 이곳은 늘 그랬다. 한 치 앞도 볼 수 없는 어둠으로

덮여, 장로들의 목소리만을 구분할 수 있을 뿐 제대로 된 얼굴을 보기 힘든 곳이었다.

자소는 먼저 자신이 이곳에 온 목적을 위해 포권한 채로 말을 이었다.

"본문제자 자소. 주변을 확인했습니다."

그것에 청아는 이해할 수 없었다. 자소를 비롯해 무당파의 제자들은 거의 대부분 무당산에서 보이지 않았기 때문이다. 아마도 자신들의 전각에 들어가 나오지 않는 것이겠지.

어째서?

청아는 그것을 알 수 없었다. 더군다나 주변을 '확인'했다는 건 무슨 뜻이란 말인가?

"수고했다. 그리고……."

어둠에서 목소리가 울렸다. 청아는 익숙한 목소리에 살짝 얼굴을 굳힐 수밖에 없었다.

그 누구보다도 백연검로를 청아에게 넘겨줄 수 없다며 반발했던 자.

월연(越燕) 장로였다.

"운악은 어디에 있느냐."

청아는 꽉 입술을 깨물었다.

그 말을 듣는 순간, 화가 머리끝까지 치솟는 것만 같았다.

"사형은… 돌아오지 못했습니다."

"죽었다고 합니다."

자소의 말이 뒤를 잇자, 곧 월연 장로는 아무 말도 하지 않았다. 고요한 침묵만이 자영전을 감돌뿐이었다.

"알았다."

그게 전부였다.

월연 장로는 마치 이것으로 대화가 끝났다는 듯, 서서히 어둠 속에서 발을 옮겨 사라지려 하고 있었다.

"대체 무슨 생각이셨습니까."

청아의 입에서 목소리가 터져 나왔다.

자소가 깜짝 놀라 고개를 돌렸지만, 그녀는 날카롭게 어둠만을 쏘아볼 뿐이었다.

"사형을 왜 문파에서 추방하려 하신 겁니까!"

"네가 알아야 할 이유는 없다."

청아는 큭 소리를 내며 주먹을 쥐었다. 당장에라도 앞으로 다가가 그의 멱살이라도 잡고 싶었지만, 그랬다간 정말로 칼부림이 일 것이다.

"본파의 행사에 대해서 의문을 가지라고 가르쳤더냐?"

"사형이 죽었습니다, 불 속에서."

청아의 숨소리가 점차 거칠어지고 있었다.

"그 정도도 이겨내지 못해서야."

월연 장로는 쯧 하고 혀를 찼다.

"언제고 죽었을 놈이란 뜻이지."

자소는 불안한 시선을 옆으로 보냈다. 자신보다 청아가 강

하다는 사실은 이미 알고 있었다. 만약 그녀가 난동을 부렸다
간 자신이 제어하지 못한다는 뜻이다.

그러나 청아는 아무 말도, 행동도 하지 않았다.

그저 조용히 고개를 숙일 뿐이었다.

"…물러가겠습니다."

월연 장로는 답하지 않았다. 청아는 자소가 부르는 목소리
도 무시한 채, 몸을 돌려 뚜벅뚜벅 바깥으로 걸어갈 뿐이었
다.

자영전의 문이 닫히자, 자소는 당황해 눈을 돌렸다.

"자, 장로님."

"알고 있다. 침착해라. 무상기를 잊은 게냐."

무상기를 익힌 자는 얼마 없지만, 그 효능이 얼마나 대단한
지는 다들 알고 있다. 자신의 목소리를 들을 수도 있다는 생
각에 자소는 냉큼 입을 다물었다.

"흠……."

월연 장로는 어둠 속에서 조용히 입을 열었다.

"무언가가 잘못되었군."

                    *   *   *

"흠. 제법 좋은 곳이네."

청효전은 꽤 좁긴 하지만, 안쪽에 큰 강경(講經)을 위한 장

소가 마련되어 있었다. 지금 소하와 운요는 그 안쪽에서 방석을 깔고 앉아 쉬고 있는 터였다.

운요는 소하가 연신 고개를 돌려 주변을 관찰하는 것에 헛웃음을 지었다.

"그러다 목 부러지겠다."

소하에게 있어서 어쩌면 사문과도 같은 곳이니, 신기하지 않을 리가 없는 일이다. 운요는 그를 내버려 두며 곧 고개를 옆으로 돌렸다.

'손님이 더 있을 줄은.'

청효전에 있는 자는 어둠 속에서 조용히 고개를 구부정하게 굽힌 채로 졸고 있는 모양이었다.

중년인으로 보이지만, 어깨가 떡하니 벌어지고 옷이 팽팽해질 정도로 단단한 팔을 보아하니 꽤나 단련을 한 듯싶었다.

그에게서 관심을 거둔 뒤 운요도 팔로 몸을 받치며 반쯤 드러누운 상태가 되었다. 무당산은 제법 서늘해서 그런지 묘한 청량감이 들 정도였다.

"역시 명산이라 불릴 만하구만. 좋다."

"그러네요."

소하도 이 근방이 가진 좋은 기운을 느낄 수 있었다. 천양진기로 더욱 강화된 오감은 단전 속의 환열심환이 미미하게 준동하는 것까지 잡아냈다.

'이전부터 계속 그러네.'

천양진기 사식을 발동한 순간, 단전에서는 계속해서 내공을 뿜어내기 시작했다.

환열심환이 자극받기라도 한 듯, 한동안 소하가 견디기 힘들 정도로 내공이 온몸을 순환했던 것이다.

천양진기를 계속 발동시켜 그것으로 내공을 소진하는 방법을 택해 겨우 진정되기는 했지만, 조금만 마음을 놓았다간 다시 내공이 제멋대로 폭주할 것만 같았다.

'내 힘이 아니어서 그런 걸까.'

환열심환은 어디까지나 약이다.

소하는 그것을 먹었기에 지금과 같은 힘을 지닐 수 있던 것이지, 아니라면 자신의 수준이 한참은 더 낮았을 것이라 확신했다. 자신이 아직 천양진기를 똑바로 다루지 못하기에 이러한 현상이 일어나는 것이리라.

"무기도 손질해 둬. 손질법은 알지?"

"저번에 듣긴 했는데……."

무인에게 있어 병기의 손질은 필수적이다. 피가 달라붙거나 사람을 베었을 때 살이 엉기기라도 하면 날이 상하기 때문이다.

"뭐, 굉명이야 워낙 굉장한 도니 상관없겠지만……."

"굉명!"

터져 나온 소리에 두 명이 고개를 돌렸다.

그곳에서는 졸던 남자가 다급히 고개를 세우며 몸을 돌리고 있었다.

"지금 굉명이라고 했나?"

"그렇… 소만?"

운요가 눈살을 찌푸리며 답하자 그는 놀랍게도 앉은 채로 팔만을 튕겨 그들 쪽으로 다가왔다.

"굉천도의 그 굉명?"

"네."

소하가 순순히 답하자 그는 수염으로 가득 덮인 얼굴을 갸우뚱 비틀었다.

"그게 왜 여기 있지?"

가까이서 보니 수염을 전혀 깎지 않아 눈 밑으로 수염이 성성이 덮인 자였다.

나이조차 구별하기 어렵다. 대략 오십 대쯤 할까?

운요는 그런 이에게 말을 함부로 하기도 어려운지라 난감한 표정을 지었다.

"그런 일이 좀 있었소."

그는 믿을 수 없다는 듯 빤히 운요를 바라보다, 이내 굉명의 자루를 쥐고 있는 소하에게로 시선을 옮겼다.

"잘 베어지던가?"

"네, 소리가 너무 커서 문제긴 하지만요."

굉명은 말 그대로 벼락같은 소리를 내뿜어 주변을 놀라게 하는 게 문제긴 문제였다. 만약 조용히 싸워야 하는 상황이라면 내공으로 주변을 감싸 소리를 죽여야 하기 때문이다.

그 말에 중년인은 오오 소리를 냈다.

"자네 굉천도법을 쓰나?"

그는 그 말을 끝낸 뒤 사정없이 고개를 양쪽으로 갸웃거리고 있었다.

"그럼 자네가 그 초량이라는 잔가? 들었던 거랑 많이 다르게 생겼는데."

"아, 전 소하라고 해요."

간단히 자신을 소개하자, 그 역시 멀뚱멀뚱 눈을 깜박이다 고개를 숙였다.

"나는 철무(鐵撫)라고 하네."

이윽고 그는 고개를 갸웃거리더니만 말을 이었다.

"그럼 자네가 그 굉령도란 자는 아닌 모양이지?"

철무는 이해하지 못하겠다는 듯 꿍 소리만을 낼 뿐이었다. 그가 알기로, 굉천도법의 전승자는 바로 굉령도 초량이었기 때문이다.

"사정이 있어서요."

"그런가. 하긴, 그럴 수도 있지."

철무는 순진한 목소리로 그리 말하며 턱수염을 쓰다듬었다. 깎지 않은 지 오래된 모양인지, 흉측하게까지 느껴질 정도로 자라 있는 수염을 보며 운요는 얼굴을 와락 찌푸렸다.

"의외로 쉽게 믿는군."

다짜고짜 이리로 다가오기에, 무언가 시비를 걸려는 줄 알았다. 그러나 그는 금방 납득하고 물러나려는 것이 아닌가.

　"잡는 자세가 곧고, 칼도 그리 싫어하는 게 아닌 듯하니."

　철무의 말에 소하의 눈이 동그랗게 변했다.

　"칼이 싫어한단 건……."

　"나는 쇠를 만지고 사는 사람이라 그런 건 척하면 알지. 주인을 싫어하는 칼은 금방 울어 젖히거든."

　킥킥 웃던 그는 이윽고 운요에게로 시선을 돌렸다.

　"자네 칼도 슬슬 운명할 처지로구먼, 안쓰럽게도."

　운요도 내심 생각하고 있던 일인지라, 그는 후우 하고 한숨을 내뱉었다. 이제까지 계속 싸움을 이어온 탓에 그의 칼도 점차 날이 상하고 헐거워지는 참이었던 것이다.

　"한참 동안 썼으니, 그럴 만해졌소."

　"좋은 칼이군."

　철무는 씩 웃음을 짓더니만 이윽고 성큼 뒤로 가 앉았다.

　"칼을 다루는 자들은 많다지만, 그걸 잘 쓰는 자들은 드물지."

　소하는 굉명을 빤히 바라보았다. 자신의 손에 잡혀 있지만, 굉명은 아무런 소리도 내지 않고 있었다. 그러나 굉명이 내는 소리가 철무에게는 들린다는 것일까.

　"무림인 같지는 않은데, 여기는 어떤 일로 오셨소?"

　운요가 슬쩍 묻자 그는 씩 수염 사이로 누런 이를 드러내

보였다.

"칼 중의 칼을 보러 왔지."

그것에 운요의 표정도 묘하게 변했다.

"무당파에서 보관 중이라 들었는데."

"그렇기에 여기까지 먼 걸음을 했다네."

소하만이 알지 못하기에 고개를 도리질칠 뿐이었다.

"굉명을 가진 소협은 잘 모르는가 보군. 무당파에서 가장 유명한 검이라면 하나밖에 없지."

"백련(白蓮)."

낯익은 이름이다.

소하가 눈을 깜박일 때, 철무는 크하하 소리를 내며 말했다.

"십사병 중 하나이기도 하고."

그는 품속에서 술병 하나를 꺼내 쭉 들이켰다.

"백로검의 애검이기도 한, 천하명검이지."

        *   *   *

"운악이 죽었다니."

무당파의 제자들 중 그 수준이 어느 정도에 다다른 이들은 안쪽 전각에 방을 배치받는다. 무당파가 도가 계열의 문파라 하여 바깥에서는 그들이 다른 곳보다 훨씬 순하고 유연하다 생각할지 모르겠지만, 누구보다도 엄격한 재능에 의한 차별이 존재하는 곳이 바로 무당파였다.

전각 안에서도 구석에 위치한 가운악의 방에 다다르자, 옆쪽에서 문이 열리며 제자들의 얼굴이 보이기 시작했다.

그들은 청아를 노려보고 있었다.

"너 때문이다."

한 제자의 입에서 노기 서린 음성이 터져 나왔다.

"운악이 죽었는데, 왜 너는 여기에 있지?"

몇 명의 목소리가 더 들려왔다. 가운악은 사람이 좋아, 금방 이 전각 안에서도 친한 이들을 많이 만들어놓은 뒤였다. 지금 그녀에게 분노를 드러내는 이들 대부분이 바로 그러한 자들이었다.

"검로를 가진 주제에……!"

그 순간.

달려 나가 청아를 붙잡으려던 한 남자는 자신의 눈앞에 칼집이 다가와 있다는 것을 알아차렸다.

콰악!

"흐큭!"

목울대를 그대로 격중당한 남자는 비틀거리며 뒤로 쓰러져 벽에 머리를 박았다.

전각 안에 침묵이 어린다.

그는 청아의 사형이다. 지금 청아가 저지른 일에 모두가 망연한 표정으로 그녀를 바라보고 있었다.

"알고 있습니다."

힘이 있음에도 그를 구하지 못했다.

청아는 가운악의 칼을 꽉 쥐며, 그들을 노려보았다. 모두가 그녀의 기세에 눌려 뒷걸음질 치고 있는 모습이었다.

"그러니 입을 다무시지요."

"건방진……!"

두 명의 몸에서 내공이 치솟기 시작한다. 뒤쪽에서 다른 자들도 상황이 심상치 않다는 것을 느끼고는 나서기 시작한 것이다.

그러나 청아의 몸에서 흰 기운이 솟구쳤다.

쾨아아아앗!

그와 동시에 근처에 있던 자들이 물러서기 시작했다. 그것이 무엇인지 모두가 알고 있기 때문이었다.

"무상기……!"

처음이었다.

청아는 늘 무상기를 수련할 적이면 아무의 눈에도 띄지 않는 곳을 찾았었고, 무상기가 어느 정도 경지에 이르렀을 때에도 가운악을 제외한 어느 누구에게도 공개하지 않았다.

그것으로 인해 또다시 자신을 미워하는 시선이 늘어날까 두려웠기 때문이다.

그러나 이제 거리낄 것은 없다. 청아는 덤벼든다면 전력을 다해 그에게 반격할 준비를 하고 있었다.

"윽……."

내공을 끌어 올렸던 이들이 당황한 표정을 지었다.

청아가 만약 백연검로를 펼친다면, 자신들이 받아내기 버거울 것이라는 걸 은연중에 알아챘기 때문이다. 이미 그들은 본능적으로 실력의 차이를 느끼고 있었다.

그러한 정적을 깬 것은 자소였다.

"그만둬라!"

그는 이들 중에서도 가장 연배가 높은 자다. 그의 개입에 모두들 기운을 거두며 물러서고 있었다.

"사제가 돌아온 것에 다들 무엇 하는 짓이냐. 어서들 들어가라!"

모두가 흩어지기 시작한다. 그러자 자소는 곧 웃는 상으로 얼굴을 바꾸며 청아에게 말을 걸었다.

"너도 할 일이 있겠지. 신경 쓰지 마라."

"예……."

잠시 그를 바라본 청아는 이내 별생각 않고 몸을 돌려 가운악의 방으로 들어섰다. 어차피 자소의 저런 모습에 마음이 동할 만큼 바보가 아니었던 것이다.

가운악의 방은 싸늘한 기운만이 감돌고 있었다.

그녀는 눈물이 터져 나올 것만 같았다. 그러나 곧 이를 꽉 악문 채, 천천히 그 안을 걸었다.

가운악의 냄새가 났다.

늘 그는 풀투성이가 된 채로 나타나 너털웃음을 짓곤 했다. 혼자서 제운종의 수련을 위해 산을 뛰어다니곤 했기 때문이다.

청아는 늘 무공에 매진하는 가운악을 존경했다. 그가 있었기에 청아는 포기하지 않고 백연검로를 익힐 수 있었던 것이나 다름없었다.

하지만…….

그녀는 텅 빈 의자를 보았다.

늘 청아가 그곳에 가면 가운악은 책을 읽고 있거나 침상에 기대 창밖을 바라보고 있었다.

마치 지금도 눈을 돌리면, 그가 침상에 앉아 평소의 멍한 표정을 짓고 있을 것만 같았다.

하지만 아무것도 없다.

그녀는 칼을 들어 올려 조용히 가운악의 침상에 놓았다. 그의 검, 그것만이 이곳으로 돌아올 수 있었다.

그들이 말이 옳다. 청아는 조용히 입술을 달싹였다.

아무리 이름을 부르고 싶어도, 그에 반응할 이가 없다는 것을 알기에 더욱 가슴이 찢어질 듯 아파올 뿐이다.

"무림은 넓단다. 언제고, 함께 무림으로 나설 일이 생기겠지."

그는 이야기꾼에게 사온 책을 들고는 청아에게 종종 읽어 주고는 했다. 글씨를 잘 모르는 청아를 배려한 일이었다.

고아로 이곳에 맡겨진 청아는 노골적인 차별로 인해 글조차도 제대로 배우지 못했던 것이다.

그렇기에 더더욱 잊히지 않을지도 몰랐다.

침상에 누운 채로, 고개를 빼꼼 들어 탁자에 앉은 청아를 바라보던 그의 미소가 말이다.

문이 열리는 소리가 들렸다.

넓은 방의 한 가운데에 서 있던 청아는 이윽고 눈을 돌렸다.

자소가 들어서고 있었다.

"좀 괜찮느냐."

청아는 답하지 않았다. 그저 경계심 어린 눈으로 자소를 노려볼 뿐이었다.

"그런 눈 하지 마라. 운악이의 일은… 나 역시 놀란 참이니까."

"그랬다면 말을 좀 더 다르게 하셨겠지요."

그는 운악이 결국 죽어 자빠졌다느니 하는 말을 늘어놓았다. 자소는 이전부터 자신을 능가한 가운악을 눈엣가시처럼 생각했기 때문이다.

"그러나 언제까지 슬퍼만 하고 있을 수는 없잖느냐."

자소의 입가에 묘한 미소가 감돌았다.

"검로를 이을 이라면, 어떻게 해야 할지 알고 있겠지."

그의 손이 청아의 어깨로 향하고 있었다.

그 순간.

자소는 손을 움츠렸다.

청아에게서 뻗어져 나오는 살기. 그것은 금방이라도 그의 목을 죄어버릴 듯 짙어지고 있었다.

"안타깝게도."

그녀는 앞으로 걸어 나가며 자소를 지나쳤다.

"모릅니다."

청아는 굳어버린 자소를 내버려 둔 채 문을 나섰다.

자소와 대화를 나누고 있자니 과거의 씁쓸한 기억들이 역하게 올라오는 기분이 들었다.

일단은 청효전으로 가야 한다.

그녀는 전각을 나서 앞으로 걸음을 옮겼다. 주변에 있는 제자들이 움찔거리며 돌아보기는 했지만, 다들 무언가 이상하게도 자신들의 방으로 들어가고 있었다. 수련에 매진해야 할 시간임에도 말이다.

의문이 들었지만 일단 그녀는 청효전에 있는 소하와 운요를 데리고 나오기 위해 안으로 들어섰다. 꽤나 시간이 흘렀으니, 그들도 지쳐 있을 게 분명했다.

"오~ 정말요?"

"그렇다네. 백로검이 얼마나 대단한 검객이었는지 영 모르는군!"

"나도 이건 처음 듣소만."

그러나.

청아는 인상을 찌푸렸다.

안쪽에 있는 건 더없이 화기애애하게 이야기꽃을 피우고 있는 소하와 운요, 그리고 철무의 모습이었다.

"백로검이 수련에 들 때면, 허공에서 흰 안개가 찬란하게 주변을 메웠다고 하네. 백무(白霧)라고 해서 당시에는 정말 많은 이가 단순히 그걸 구경하기 위해 무당산에 방문할 정도였지."

소하는 눈을 반짝이며 그 이야기를 듣고 있었다.

현 노인에 관한 이야기를 본인에게서 듣는 건 정말 힘든 일이었기에, 무림의 이야기꾼들에 의존하는 수밖에 없었다. 그러니 철무에게 하나라도 더 현 노인의 이야기들을 듣고 싶었던 것이다.

"뭘 하고 있는 거지."

청아가 걸어오며 묻자 운요는 냉큼 고개를 돌렸다.

"여기 이 형장(兄丈)께 백로검의 이야기를 좀 듣고 있었지."

"무당파가 세월이 지나 피폐해지긴 했다지만, 백로검이란 존재가 있기에 더없이 존귀할 수밖에 없었다네."

"무슨 뜻이지?"

청아의 목소리가 날카로워졌다.

"무당파를 폄하하지 마라."

"어린 소녀가 아주 날카롭구먼."

철무는 귀를 파며 그리 중얼거렸다. 그 순간 청아는 놀랄 수밖에 없었다. 그가 조용히 흘린 말, 그것은 청아가 여자임을 진작에 꿰뚫어 본 듯한 말이었다.

"뭐… 문파가 그런 식으로 불리면 화가 날 수밖에 없겠지. 내 사과하겠네."

그는 킬킬 웃으며 고개를 주억거렸다.

"그렇다고 틀린 말이 되는 건 아니지만 말이야."

"무당파가 피폐해졌다고 말하는 건가."

청아는 인상을 썼다. 당장에라도 다시 허리에 매었던 칼을 뽑아들고 싶은 표정이었다.

"백로검 이후로 출중한 인물이 나온 적이 있던가?"

그는 어깨를 으쓱였다.

"수많은 자가 정의와 협을 부르짖었지만, 다들 입만 산 채였지. 시천월교의 무력 앞에서 벌벌 기며 문을 걸어 잠근 일이 기억나지 않는다고는 말할 수 없을 걸세."

그녀는 답할 수 없었다.

그렇다. 무당파는 시천월교의 지배와 동시에 문파를 걸어 잠궜다. 문파의 소중한 인재들을 잃을 수 없던 데다, 백로검이 시천마와의 싸움에서 실종되어 버린 탓이 컸다.

"장로들도 편협해져 버렸다네. 철석같이 믿고 있던 백로검이 사라지자 문파가 사분오열될 수도 있다 믿게 되었고, 자신들을 따르는 이들만을 대우하며 문파를 제멋대로 경영했지."

철무는 쯔쯔 소리를 내며 허리춤을 뒤졌다. 그의 손에는 낡은 담뱃대 하나가 쥐어져 있었다.

그는 그것을 피우려는 듯 몇 번 입술에 대어보았지만, 잎이 없기에 후우 하고 숨을 내뱉을 뿐이었다.

"전부 머리가 굳고, 눈은 흐리멍덩해진 데다 손 역시 부르터 버렸지."

그의 눈이 아련해졌다.

"무당파는 그때 죽은 걸세."

철무의 목소리가 변했다.

아까 전까지 경박하고 즐거운 듯 중얼거리던 단어들은 갑작스레 천근의 무게를 지닌 듯 듣는 이들에게 있어 가슴속 깊숙이 파고드는 느낌을 주고 있었다.

"시천마를 막아야 한다는 건 전 무림이 알고 있었지. 그러나 나선 건 고작 넷. 그것도 무림제일이라 불리는 천하오절의 넷이 나선 것뿐이지, 나머지는 모두 방관했다네. 혹시나 자신들이 보유한 고수들이 죽으면 세력이 무너질까 염려했던 게지."

철무의 입에서 다시 한 번 한숨이 뱉어져 나왔다.

"힘을 가졌다면 그에 맞는 행동을 해야 하는 것이 순리거늘. 무당파는 그때 죽어버린 걸세. 백로검을 혼자 사지로 내몰고, 그가 남긴 유산만을 탐욕스레 먹어치우려 한 뒤부터 말이야."

"백연검로."

소하의 목소리에 철무는 고개를 끄덕였다.

"바로 그거지. 어차피 사용할 자들도 남아 있지 않으면서. 어리석은 놈들이야."

"당신이 뭘 안다고."

그와 동시에 청아는 꽉 검을 부여잡았다.

순간 분위기가 싸늘해진다.

"무상기라."

철무의 눈이 이채를 발했다.

"오랜만에 보는군."

"무당의 검을 기만하다니……."

찌이익!

천이 끊어진다.

청아가 검을 뽑아드는 모습에, 운요는 윽 소리를 내며 자리에서 일어나려 했다. 이 자리에서 칼부림이 난다면 무당파와 좋을 게 없기 때문이다.

"자네와 좀 더 이야기를 해보고 싶네만."

철무는 웃차 소리를 내며 자리에서 일어났다.

"이쪽 볼일이 더 먼저겠군."

"뭐라……!"

그러나 입을 열어 화를 내려던 청아는 우뚝 멈춰 설 수밖에 없었다.

"잘 갈고 닦았군. 감지가 훌륭해."

소하 역시 마찬가지다.

그는 멍하니 고개를 돌리며 닫힌 청효전의 문 너머를 보고 있었다.

"이건."

뒤늦게 운요 역시 깨달을 수 있었다.

무언가가 있다.

마치 이전에 보았던 불꽃처럼 사방으로 그가 내뿜는 기운이 넘실거리며 천천히 번지고 있었다.

"좀 늦었군. 오늘로 끝이었던가."

청아의 눈이 떨린다. 아니, 지금 여기 서 있는 셋 모두 같은 감정을 느끼고 있었다.

마치 해일(海溢) 같았다.

알 수 없는 자가 내뿜는 기운은 이제 그들 모두의 몸을 속박하는 거대한 파도가 되어 있었다.

"자네들은 아직 본 적이 없나 보군."

그러나 그들 사이를 부드럽게 비집고 나온 철무는 이내 앞으로 걸어가며 천천히 청효전의 문을 열었다.

"절정(絶頂)에 이른 이라는 것을."

파도는 폭풍으로 변했다.

"윽!"

운요가 인상을 찌푸렸다. 마치 송곳 같은 기운이 피부를 거칠게 찔러왔기 때문이다.

청아 역시 마찬가지로 물러서고 있었다. 당연한 일일 것이다.

철무는 그럴 만하다는 듯 이들에게서 시선을 떼려 했다.

그러나 그런 철무의 옆을 스쳐 전진하는 이가 있었다.

소하였다.

"호오?"

철무의 입에서 기분 좋은 목소리가 흘러나왔다.

지금 이 기운은 명백히 주변인들을 물러서게 만드는 힘을 지닌 것이었다. 그러나 소하는 파도에 거스르듯 천천히 앞으로 향하고 있었던 것이다.

밖에 있는 것은 단 한 명이었다.

키가 큰 편은 아니다. 작고 마른 몸에 비해 펑퍼짐한 옷을 걸친 중년인은 시커멓게 죽어 있는 퀭한 두 눈두덩이 안쪽에서 마치 짐승 같은 눈을 빛내며 주변을 돌아보고 있었다.

얼굴은 깨끗하나, 목에는 험상궂은 흉터들이 죽죽 그어져 있는 모습이다.

"검렵(劍獵), 결국 참지 못한 모양이군."

그는 신경질적으로 주변을 둘러보고 있는 터였다.

"자네도 너무 나서지 말게. 그의 기감에 붙잡히면⋯ 죽을 수도 있으니."

소하는 철무의 말에 침을 삼켰다. 확실히 보면 볼수록 알 수 있었다.

저자는 강하다.

소하가 무림에 나와 이제껏 본 그 누구보다도 강한 힘을 지니고 있었다.

그는 아무도 나서지 않자 훗 하고 웃음을 지었다.

"기한이 지났다."

목소리는 마치 옆에서 말하고 있는 듯, 모두의 귀에 강하게 틀어박혔다. 내공을 목소리에 실어 무당산 전체로 내보내고 있는 것이다.

"난 분명 너희에게 기회를 줬지."

그는 천천히 자신의 허리로 손을 뻗었다.

그 느낌.

소하는 마치 누군가가 곧 죽을 것만 같았고 자신은 그 일을 가만히 지켜보고만 있는 느낌이 들었다.

그건 다른 이들도 마찬가지였다.

벌컥!

이내 전각의 문이 열린다.

나타난 것은 도복을 차려입은 여덟 명의 검수였다.

손에 들고 있는 것은 은빛을 발하는 검. 그것에 철무는 흠 하고 낮은 신음을 뱉었다.

"무당검수들이 나서는가."

무당의 신진고수들. 무당이 문을 잠근 채로 비밀리에 키워왔던 신세대의 정수라고 할 수 있었다.

그들을 내보냈다는 건, 무당파 역시 검렵이라는 자를 대처하는 데에 있어 나름대로 굳은 결심을 내린 것이리라.

"다시 말하지만."

그들의 뒤에는 한 노인이 서 있었다.

무당의 고연(雇燕) 장로는 창백하게 질린 얼굴로 검렵이란 자를 노려보고 있었다.

"무당의 법도를 어기려 드는 자를… 용납할 수는 없소."

"병신들."

검렵이란 자의 입에서 목소리가 흘러나왔다. 마치 가느다란 칼날처럼 듣는 이의 귀를 매섭게 파고들었다.

"내가 원하는 건 그게 아니야."

무당검수들은 이를 으득 악물었다.

자신들을 앞에 두고도, 묘한 여유를 부리는 그가 마음에 들지 않았던 것이다. 오히려 고연 장로만이 파랗게 질린 표정을 짓고 있을 뿐이다.

"건방진 놈!"

"감히 그런 식으로 입을……!"

"뭐야."

검렵은 여태 서 있었냐는 눈으로 검수들을 쳐다보았다.

"핏덩이 같은 놈들을 죽이기 귀찮다. 알아서 꺼져."

청아는 그들을 알아볼 수 있었다. 지금 나선 이들은 검로를 얻지 못했다는 이유로 청아를 괴롭혔던 무당의 검수들이다. 하지만 그 실력이 제법 뛰어나 무당파에서도 촉망받는 인재로 불렸던 자들이었다.

"잠깐······!"

고연 장로가 고함을 지르는 동시에 무당검수들이 땅을 박찼다.

파바바밧!

동시에 흩어지며 검렵이란 자를 둘러싸는 모습이다.

소하는 급히 장로를 쳐다보았다. 그러나 고연 장로는 손을 뻗은 채 상황을 주시하고 있을 뿐이었다.

이미 늦었음을 깨달은 것이다.

"태을연환진(太乙連環陣)을 앞에 두고도 그런 말을 할 수 있을 것 같나!"

지금 검을 겨누며 소리치는 이는 바로 무당검수들의 수장이기도 한 질운검(疾雲劍) 정후(淨侯)였다.

그는 자신의 동료들과 함께 수련한 태을연환진을 통해, 단숨에 검렵을 제압하려는 마음을 먹고 있었다.

이윽고 정후는 슬쩍 뒤를 바라보며 장로에게 눈짓한다.

그는 지금 자신이 이 침입자를 쓰러뜨리는 것으로 장차 무당파의 장로 자리에 추천해 주기를 바라고 있었다.

지금 나선 것도 자신의 무공을 뽐내기 위한 것이라고 할 수 있다.

그러나 검렵은 가만히 정후의 검을 바라보고만 있을 뿐이었다.

"쓰레기 같은 칼이군."

"뭣……!"

"잡는 법도 틀렸다. 네 팔에는 뼈가 없기라도 하냐? 물렁물렁하니 흐느적대기는."

"놈!"

정후의 입에서 벼락같은 고함이 터져 나왔다. 동시에 일곱의 검수가 달려들었다.

그것이 바로 태을연환진의 시작이었다.

"내 말했지 않는가."

철무는 쓸쓸하게 웃었다.

"기운조차 눈치채지 못하는 이들이 무당의 검수 노릇을 하고 있다네."

파카악!

처음 검을 휘두른 무당검수는 순간 시선이 흔들릴 수밖에 없었다.

검렵이 허공에 지른 주먹이 거대한 충격으로 변해 머리를 휩쓸었기 때문이다.

목이 부러져 등으로 넘어간다.

그의 시신이 땅으로 풀썩 쓰러지는 즉시, 검렵은 후우 하고 한숨을 쉬었다.

"머저리들하고 놀아주기 귀찮았건만……."

그의 소매가 불룩 부풀어 올랐다. 과도한 내공의 집중 때문이다.

결국 소하는 고함을 지를 수밖에 없었다.

"피해!"

그러나 이미 때는 늦었다.

검렵의 양손에서 내공의 폭풍이 뻗쳐져 나오는 것과 동시에, 그것은 마치 칼날처럼 사방으로 방사(放射)됐다.

콰아아아아아!

내공의 빛이 허공을 메운다.

소하는 눈앞을 가리는 섬광에 저도 모르게 윽 소리를 내며 고개를 숙였고, 이윽고 뜨거운 열기가 자신의 얼굴을 덥히는 것을 느꼈다.

그리고 눈을 들었을 때, 소하의 팔이 부르르 떨렸다.

휘청거리는 몸.

다섯 개의 하반신이 풀썩 쓰러진다.

상반신이 모두 사라진 채, 뒤로 살점과 내장의 조각들만을 튕겨내고 있었다.

"어, 윽……."

정후는 저도 모르게 몸을 비틀었다.

"팔이 그 모양이니 칼을 못 쓰는 거다."

검렵은 씩 미소를 지으며 그리 중얼거렸다.

정후의 팔은, 마치 뼈가 없는 것처럼 흐물흐물하게 꺾여 있었다. 양팔의 뼈가 가루처럼 조각난 탓이다.

"크으아아악!"

"시끄러."

검렵의 손이 휘둘러졌다.

퍼억!

머리가 터져 나가는 정후의 모습.

그의 몸이 툭 떨어져 내리자 검렵은 오른손을 툭툭 털며 중얼거렸다.

"이제 뭘 할 거지?"

고연 장로는 두 다리가 바들바들 떨리는 것을 느꼈다.

"어째서 그런 것인가."

그는 죽어버린 제자들을 보며 으득 이를 악물었다.

"아직 어린아이들임을 알고 있을 텐데……!"

아무리 젊다고는 해도 무당검수들이 단 한 수에 절명할 만한 이들은 아니었다.

"내가 원하는 게 이런 잡놈들이 아니란 걸 알고 있을 텐데."

그의 퀭한 눈이 점점 살기를 띠기 시작했다. 그리고 그 순간 바닥의 공기가 점차 격심하게 뒤흔들리고 있었다. 그의 감정 변화에 따라 대기가 반응하는 것이다.

'저건……'

운요는 인상을 와락 찌푸렸다. 저건 정말로 고도의 기예다. 내공을 방출하는 것이 아니라, 그저 자신의 몸 안에서 운행하는 것만으로 주변에 영향을 끼치고 있는 것이다.

"네가 덤빌 참인가? 늙은이?"

"큭……."

고연 장로의 팔이 사시나무 떨듯 떨렸다.

정후와 같은 젊은이들은 알아보지 못했지만, 검렵의 온몸에서 뿜어져 나오는 기운이 기세를 더할수록 자신이 이기지 못한다는 절망감만이 커져갔던 것이다.

그 역시 무당검수 출신으로 문파의 기대를 가득 받았던 기재다. 그러나 그는 태어나서 두 번째로 재능이라는 거대한 벽에 부딪치고 있었다.

그러나 이대로 포기할 수는 없다.

그가 으득 이를 깨문 순간, 고연 장로의 눈에 희미한 안개가 어렸다.

"어……?"

소하의 눈이 일그러졌다. 저절로 입에서 목소리가 튀어나온 뒤였다.

"음?"

검렵의 눈이 뒤를 향했다. 이제야 세 명을 알아본 것이다.

"뭐야, 또 풋내기들이 있었군."

그러나 잠시 뒤, 그의 눈에 묘한 기운이 어렸다.

"조금… 흥미가 생기지만 말이지."

"그러지 말게."

곧, 철무의 입에서 묵직한 목소리가 흘러나왔다. 아까 전 소하 일행과 대화할 때와는 또 다른 느낌이었다.

"노인네도 있었나."

그는 픽 웃은 뒤 고개를 흔들었다.

"과연 냄새를 잘 맡는군……."

"그저, 자격을 확인하기 위해서라네."

검렵은 씩 웃는 얼굴 그대로 천천히 고개를 기울였다. 그의 눈은 소하를 향해 있었다.

"보였냐?"

소하는 고개를 끄덕였다. 목소리가 잘 나오지 않는다.

그의 몸에서 흐르고 있는 내공의 격류가 너무나도 방대했기 때문이다.

고연 장로는 흐느적거리며 무릎을 꿇었다.

"제법 눈이 좋군."

청아와 운요는 이 대화를 이해할 수 없었다. 소하가 본 것을 그들은 보지 못했기 때문이다.

그 순간.

쿠우웅!

운요는 눈을 부릅떴다.

소하가 갑작스레 몸을 뒤틀며, 전신에서 천양진기의 기운을 뿜어내는 즉시 뒤로 튕겨 나갔기 때문이다.

바닥을 주르륵 미끄러지며 자세를 고치는 소하의 모습에 검렵의 입가에 서서히 미소가 어리기 시작했다.

"이거 봐라? 이것도 피해?"

소하는 숨을 헐떡이고 있었다.

'뭐지?'

분명 눈앞에 날아든 것은 '검격'이었다.

그것도 맞는 순간 살이 쪼개지고 핏물이 치솟을 정도의 맹렬함을 지닌 검격 말이다.

그러나 소하가 다급히 뒤로 물러섰을 때, 보인 것은 아무것도 없었다.

아까도 그랬다.

고연 장로가 전의를 잃은 채 주저앉은 까닭은 바로 검렵이 뿜어낸 검격에 아무런 저항도 하지. 못하고 얻어맞은 탓이었다.

"너, 재밌네."

실룩거리는 얼굴.

검렵의 표정은 마치 아이처럼 웃는 상을 하고 있었다.

"하지만 아직 '경계'에 있군."

검렵은 손가락을 들어 소하를 가리켰다.

"보였냐?"

그 순간 소하는 고개를 저었다. 자신도 왜 그랬는지 이해할 수 없었지만, 본능적인 행동이었다.

"보이면 다시 와라. 그때 싸워보자구."

그는 이윽고 고연 장로에게로 눈을 돌렸다.

"다리라도 하나 잘라야 대답할 건가 보지?"

그러고 보니.

소하를 비롯한 모두는 자연스레 검럽의 허리로 시선이 향했다.

그는 칼을 갖고 있었다. 그러나 지금의 싸움은, 모두 칼을 뽑지도 않았음에도 자연스레 이뤄졌다.

고연 장로가 무당검을 대성했음을 알고 있던 청아는 숨이 막히는 것만 같았다.

검럽이란 자가 왜 무당파에 들어섰는지, 어떻게 저런 힘을 가졌는지도 알지 못했기 때문이다.

검럽의 손이 마침내 허리춤의 칼자루에 닿을 무렵.

끼이이익……!

두터운 문 하나가 열렸다.

그리고 그 안에서 드러난 것은, 흰 수염을 가슴께까지 기르고 있는 노인의 모습이었다.

월연 장로의 눈이 일그러졌다.

"이게 뭐하는 짓이냐."

"흠."

검럽의 눈이 번득였다.

'또.'

소하는 볼 수 있었다.

대기가 뭉그러진다.

검렵의 눈이 한 번 일그러진 순간, 대기가 갈라지며 동시에 무형의 참격이 쏘아져 나가고 있었다.

막을 수 없다.

소하 역시 전력으로 피했지만, 어깨에 쑤셔 박히는 검격을 도저히 막아낼 수 없었다. 만약 날이 있는 칼이었다면? 당장에 오른 어깨부터 잘려 나갔을 게 뻔했다.

콰아앗!

그 순간, 월연 장로의 온몸에서 내공이 솟구쳐 나왔다.

"적(跡)을 그렇게 대처했나."

검렵은 흐 하고 웃음을 흘렸다. 월연 장로는 후우 하고 숨을 내뱉으며 노기 서린 눈빛을 그에게로 보내고 있었다.

"본파는 너 같은 망나니가 들어올 곳이 아니다."

"그래서 이 꼴인가?"

검렵이 턱으로 가리킨 것은 형편없이 박살 난 무당검수들의 시신이었다.

"장로들이라고 남아 있는 게 모조리 병신들이니, 약해 빠진 놈들이 나올 수밖에 없지."

"놈……!"

그와 동시에 월연의 온몸에서 기운이 진동했다.

부르르 떨리는 공기. 그와 동시에 청명한 기운이 장로의 전신을 뒤덮고 있었다. 현 무당파 제일이라는 월연 장로의 내가기공이 펼쳐지고 있는 것이다.

그러나 검렵은 코웃음을 쳤다.

"묻지."

그의 손가락이 앞으로 들어 올려졌다.

"보이나?"

"무슨 되도 않는 소리를……!"

투콰아아악!

그 순간.

월연 장로의 몸이 뒤로 쏘아져 나갔다. 벽에 맹렬히 충돌하며 먼지가 일어났다.

그는 문을 부수며 안쪽 벽까지 나가떨어졌던 것이다.

"자, 장로님!"

제자 한 명의 비명에 검렵은 고개를 절레절레 저었다.

"보이지 않을 수밖에 없을 거다. 배운 적이 없을 테니."

그는 쯔쯔 하고 혀를 찼다.

"초인(超人)에 이른 자가 사라져 버린 곳이 더 이상 존재할 가치나 있는 건지는 모르겠군."

힘겹게 몸을 일으키고 있는 월연 장로를 노려보며 검렵은 소리를 질렀다.

"너희가 그 검을 가질 이유는 없다!"

우우우웅!

모두가 귀를 싸잡았다.

검렵의 소리가 터져 나오는 순간, 머리가 통째로 울려 두 다리로 서 있기조차 어려워졌던 것이다.

"그건 백로검의 검이지, 무당의 검이 아니니까."

"백련."

청아의 입에서 검의 이름이 흘러나왔다.

"설마!"

"그렇네."

철무는 끙 소리를 내며 수염을 벅벅 긁었다.

"검렵 선무린(跣撫躪)이 이렇게까지 나설 줄은."

처음 듣는 이름이다. 그들의 표정을 본 철무는 푸하 하고 웃음을 지었다.

"모르는 게 당연할 걸세. 시천월교와 마지막까지 맞서 싸웠음에도… 문파들의 욕심에 가려져 버린 이들이니."

검렵 선무린은 천천히 눈을 일그러뜨렸다.

"순순히 내주지 않는다면."

그의 손이 옆으로 휘둘러졌다. 아까와 똑같은, '적'이라는 힘이 쏘아져 나간 것이다. 무형의 참격, 분명 허공에 흩어져 버리리라 생각했었다.

그런데.

쏴카아아아아아아!

굉음.

동시에 소하는 불어 닥치는 먼지에 눈을 부릅뜰 수밖에 없었다.

그의 손이 내려쳐진 순간, 벽이 잘려 나가며 동시에 건물 하나가 동강 난 것이다.

내공.

그의 온몸에 휘도는 내공이 참격으로 유형화해 쏘아졌다. 다만 그것이 마치 번개가 내리친 듯한 파괴력이 될 것이라고는 그 누구도 예상하지 못했다.

"오늘 무당파가 없어질 거다."

뒤늦게야 우르르 무너지기 시작하는 건물의 모습.

워낙 상상을 초월하는 일을 보았기에 모두가 굳은 채로 그 참상을 바라보고 있었다.

월연 장로는 몸을 일으켜 비척거리기 시작했다. 몇 명의 제자들이 그를 부축해 겨우 데리고 나온 뒤에야, 뒤쪽에서도 세 명의 장로가 모습을 드러냈다.

모두가 칼을 뽑은 채, 살기를 뿜고 있는 모습이었다.

"그것도 견디지 못하는 주제에 잘난 척하지 마라. 늙은이들."

선무린의 인상이 확 일그러졌다. 그는 마치, 입을 벌려 모두를 물어뜯을 맹수처럼 느껴졌다.

"백로검이 있었다면 몰라도… 너희처럼 약해 빠진 놈들에게 그 검은 사치일 뿐이지."

쿨럭 소리와 함께 월연 장로의 입에서 핏물이 쏟아져 나왔다.

얻어맞은 순간, 단전 자체에 충격이 오며 전신의 혈맥이 터져 버린 것이다.

"검렵……."

운요는 멍하니 그리 중얼거렸다.

검렵이란, 칼사냥이라는 뜻이다.

지금 그는 무당파에게서 백로검의 애병인 백련을 빼앗으려 하고 있는 것이다.

장로들의 불안한 눈이 월연 장로에게로 향했다. 이대로라면 모두가 죽을 것이라는 게 명백했던 것이다.

벌써 제자들 대다수가 밖으로 나와 있지만 모두의 얼굴에는 진한 공포가 어려 있었다. 눈으로 인간을 초월한 무위를 보았기 때문이다.

그의 시선은 월연 장로에게로 머문다.

그러자 월연 장로의 입이 느릿하게 열렸다.

"백연검로는… 아직, 이어지고 있다."

"이건 또 무슨 개소리지?"

선무린의 눈이 가늘어졌다.

"목숨을 구하고자 혀를 놀리는 거라면……."

"네… 뒤에 있지 않느냐."

월연 장로는 짙은 핏물을 다시금 토해냈다. 그의 입가에는 비릿한 미소가 깃들어 있었다.

"아니면… 그 정도도 못 알아보는가 보지?"

순간 선무린의 이마에 힘줄이 돋아 올랐다.

"그래……?"

그의 몸이 회전한다.

그 순간, 마치 파도처럼 살의가 쏟아져 내리기 시작했다.

"큭……!"

운요는 토할 것만 같았다.

그를 마주하는 순간, 내장이 역류하고 구역질이 일 정도다. 팔이 덜덜덜 떨려 제대로 칼을 쥐기도 힘들었다.

"넌 아니야."

그의 눈이 흥미를 잃은 듯 옆으로 향했다.

뒤쪽에 있는 소하를 본 선무린은 이내 고개를 옆으로 슬쩍 기울였다.

"이상하군. 백연검로에는 무상기가 따라야 한다 했는데……."

"나다."

청아의 목소리.

그와 동시에 흰 기운이 주변을 맴돌았다.

선무린의 눈이 청아를 향했다.

무상기를 펼친 그녀는 입술을 꽉 깨문 채로 그를 노려보고 있었다.

"백연검로라면… 가지고 있다."

"하."

선무린의 입에 웃음이 흘렀다.

"그래, 뭐……."

그리고.

콰아아아아!

그의 온몸에서 기운이 치솟았다.

"나는 백연검로와 싸우고 싶어 이곳에 왔다. 계집."

내공이 타오르는 것이 눈에 확연히 보인다.

청아는 그것을 본 순간, 이전 백영세가에서 일어났던 대화재의 모습이 아련하게 어리는 것만 같았다.

"날 만족시킬 수 있겠나?"

송곳니를 드러내며 웃는다.

선무린은 지금 당장에라도 그녀에게 덤벼들 것만 같은 모습이었다.

청아의 몸이 격하게 휘청거렸다.

그를 접한 순간, 그가 얼마나 강한지에 대해 알 수 있었기 때문이다.

인정하고 싶지 않았지만, 그는 그녀가 본 그 누구보다도 강한 자였다.

입이 떨어지지 않는다. 그녀가 긍정하는 순간, 선무린의 허리에서 뽑혀 나온 칼날이 단숨에 그녀의 몸을 절단해 버릴 것만 같았기 때문이다.

"시간."

소하의 입이 열렸다.

선무린을 포함한 모두의 눈이 옆으로 돌아갔다.

"시간이 필요해요."

"시간이라."

청아 역시 당황할 수밖에 없었다. 당장에라도 사생결단을 준비하고 있었건만, 소하의 목소리가 울렸던 것이다.

"그런가."

선무린은 혼자 무언가를 느낀 듯, 고개를 주억거리며 천천히 몸을 돌렸다.

"그렇다면 기다려 주지."

동시에 기운이 사라진다.

쿵!

열이 넘는 무당제자가 무릎을 꿇으며 땅에 쓰러졌다. 그의 기운에 압도당해 있다 겨우 몸이 자유로워진 것이다.

"정확히 보름이다."

그는 고개를 들었다.

"마침 내게 있어 길일(吉日)이 가깝기도 하니, 그 정도는 기다려 주마."

그의 퀭한 눈이 소하에게로 향했다.

"실망시키지 말아야 할 거다, 꼬마."

"소하예요."

선무린은 씩 웃어 보이고는 이내 서슴없이 몸을 돌렸다.

"기뻐해라. 당장은 목숨을 건지게 되었으니."

그의 몸이 서서히 멀어지기 시작한다.

고연 장로는 다급히 장로들을 돌아보았지만, 모두가 상황을 제대로 이해하지 못한 표정일 뿐이었다.

"보름 후에 다시 찾아오지."

선무린의 목소리가 홀연히 허공을 울릴 뿐이었다.

第三章
시간

"대체, 무슨 생각으로……!"

청아는 고함을 질렀다. 일단 들어가 앉은 건 좋다만, 아무렇지 않게 차를 달이고 있는 소하가 마음에 들지 않았던 것이다.

"안 그러면 다 죽을 거였잖아."

소하는 알고 있었다.

선무린이 만약 방금 청아를 일격에 베어 죽였다면, 그는 실망에 대한 대가로 여기 있는 모두를 참살했을 것이다.

그 기운을 미리 잡아챘기에 말을 꺼낼 수 있었다. 철무는 그런 소하를 슬쩍 곁눈질하며 고개를 끄덕였다.

"이 소협이 한 행동 덕에 보름 동안은 목숨을 건졌군. 하하하!"

자기도 죽을 뻔했거늘, 그는 아주 초연하게 말하고 있었다. 이윽고 청아는 후우 하고 숨을 내뱉었다.

뒤쪽에서는 무당제자들이 정신없이 돌아다니며 시신을 치우는 모습들이 보이고 있었다.

무당검수의 시신에 모두가 잔뜩 겁에 질린 표정만을 지을 뿐이었다.

뒤쪽에는 자소가 서 있다. 청아를 장로에게 데려가기 위해서였다. 청아가 자리에서 일어났다.

"같이 가자."

소하의 말에 청아는 인상을 찡그렸다. 그게 또 무슨 말이냐는 표정이다.

그러나 그녀의 눈에 이채가 어렸다.

소하의 표정은 장난스럽지 않았다. 도리어 진지했다. 그 순간 그녀는 머릿속에 백연검로를 알고 검을 잡아채던 소하의 모습이 떠올랐다.

잠시 주먹을 꽉 쥔 그녀는 이내 한숨을 내뱉었다.

"따라와."

"처, 청아야. 지금은……."

"저자도 관련이 있는 일입니다."

"무엇이……?"

"백연검로."

자소의 눈이 동그랗게 변했다.

더 이상은 무어라 말할 수 없다.

그는 고개를 푹 숙인 채 소하와 청아를 데리고 전각을 나서는 중이었다. 결국 둘만 남게 되자, 철무는 크하 소리를 내며 마시던 술병을 내려놓았다.

"그래도 개안(開眼)할 만한 일이었지 않나?"

운요는 침묵한 채였다.

'대처할 수조차 없었다.'

이전 서장의 무인들을 보았을 때도 이런 기분은 들지 않았다. 마치 고양이 앞의 쥐처럼, 아무것도 할 수 없는 데에 굴욕감마저 느껴질 정도였다.

운요는 자신의 검을 부여잡았다.

철무는 홀로 일어서 전각의 뒤쪽으로 걸어가 버리는 운요를 기분 좋게 바라보고 있었다.

"이거 참."

그는 술병을 기울이며 고개를 까닥였다.

"장강후랑최전랑(長江後浪催前浪)이라더니만."

장강의 파도는 뒷 물결이 앞 물결을 밀어낸다.

"시간이 즐겁게도 흘러가 버리는군."

새로운 세대의 모습들에 철무는 진심으로 즐거워 보였다.

　　　　　*　　　　　*　　　　　*

　　장로전은 고요했다. 피투성이가 되었던 월연 장로는 수척한
얼굴로 의자에 앉아 있었고, 그 옆을 네 명의 장로가 엄중한
표정으로 서 있다. 모두가 소하의 말에 의문을 품고 있었기
때문이다.

　　"우리가 왜 너를 불렀는지를 알고 있느냐."

　　월연 장로의 목소리는 잔뜩 상해 버린 지 오래였다. 몸의
상처를 내공으로 치유하려 노력하고 있지만, 전신이 파열된지
라 쉽사리 치료되기는 어려운 상황이었다.

　　"책망하기 위함이십니까."

　　장로들의 눈이 가늘어졌다.

　　"예의를 갖춰라!"

　　그 고함에 청아는 아무 말도 하지 않았다. 그들을 바라보는
시선에는, 이미 적의만이 가득했기 때문이다.

　　월연 장로가 손을 들어 다른 자들을 제지하자 잠시 동안
적막이 흘렀다. 한참 동안 쿨럭거리며 말을 고르던 월연 장로
는 이내 나직이 중얼거렸다.

　　"백연검로를 어디까지 성취했느냐."

　　"……."

　　청아는 순간 머릿속이 텅 비어버리는 것만 같았다. 백연검
로의 검법서는 오로지 그녀만이 보았었고, 내용을 전부 외우

고는 있다지만 그걸 체득(體得)했냐 묻는다면 또 다르다.

"육로(六路)까지입니다."

"멀었군."

월연 장로의 차디찬 목소리에 청아는 말을 삼킬 뿐이었다.

"원서(原書)는 남아 있겠지?"

그는 한 번 더 핏물을 뱉어내며 그리 물었다.

"영운당(嶺雲堂)에 있습니다."

"우리는 갈 수 없다. 백로검께서 그리 정하신 일이니."

순간 청아의 눈이 일그러졌다. 그들이 무슨 말을 하는지 깨달은 것이다.

"사본을 남겨라."

분위기가 얼어붙었다.

청아의 손이 격렬하게 떨림을 보였다. 그들이 한 말은, 아마도 꽤 오랜 시간 동안 궁리해서 나온 계책일 것이리라.

"백로검께서는 일자전승(一者傳承)을 강조하셨지만⋯ 지금은 그럴 상황이 아니다."

"비겁한 수단이로군요."

청아의 목소리는 떨리고 있었다. 이건 단순히 감정의 격동이 아니다.

그녀의 말에 들어찬 울화는 소하가 알 수 있을 정도로 맹렬했다.

"이놈! 어디 장로의 앞에서 그런 망발을!"

"그렇지 않습니까?"

그녀는 날카롭게 마주 소리를 높였다.

"자기 발로 태사조의 명을 어길 수는 없으니, 어떻게든 백연검로를 남기기 위해서 행하는 수작이 아닙니까!"

그것에 소하도 상황을 눈치챌 수 있었다.

백연검로는 아마도 현 노인의 명에 의해 정해진 자만이 익힐 수 있도록 안배된 모양이었다.

그러나 지금 그들은 검럽 선무린에게 청아가 죽을 것이라 확신했고, 그전에 백연검로의 사본을 남겨 다른 제자들이 익힐 수 있도록 하려는 것이다.

"그렇게도 원하신다면 영운당으로 직접 가시지요!"

"…무상기를 익힌 자만이 들어갈 수 있노라며, 백로검께서 말씀하셨다."

월연 장로는 여전히 아무렇지 않은 표정으로 말을 계속하고 있었다.

"백연검로를 모두가 익히지 않는다면 무당은 정말로 멸문할지도 모른다."

그 목소리에 깃든 것은 은은한 탐욕이다.

이제까지 모두가 닿지 못했던 그 경지에 이제 다가설 수도 있다는 욕심이 목소리에 은밀하게 실려 오고 있었다. 그것을 모를 청아가 아니었고, 그녀는 이 상황에서까지 백연검로에 집착하는 장로를 보며 치를 떨었다.

"그를 어찌 막아내려 하십니까."

"…그는 백연검로와의 싸움을 원한 것이다. 만족하겠지."

청아가 죽으면 된다.

그렇게 말하는 것이나 다름없었다.

잠시 멍하니 허공을 노려보던 청아는 이내 고개를 숙였다.

그렇다. 이들은 늘 그러했다.

청아는 그저 사슬에 불과하다. 백연검로라는 절대의 경지를 후대에 이어줘야만 하는 사슬. 그러나 이들은 그것마저도 눈엣가시로 여겼고, 청아에게 계속해서 백연검로를 다른 이에게 물려주기를 요구했었다.

유일하게 그녀를 달래주던 건 오로지 가운악밖에 없었다.

"가 사형을 죽인 것도 그래서입니까."

눈물이 흐를 것만 같았다.

"이딴 검."

그녀는 주먹을 쥐며 이를 악물었다.

"무공이란 게 사람 목숨보다도 값진 겁니까."

"당연하다."

월연 장로는 조금의 망설임도 없이 그리 대답했다.

"백연검로는… 무당파의 지보(至寶)니라."

결국 참을 수 없었다. 눈물이 넘쳐 눈가를 타고 떨어지기 시작한다.

청아는 당장에라도 칼을 내던지고 싶었다. 죽으라 한다면 죽겠노라며 고함을 지르고 싶었다.

소하가 앞으로 나서지 않았다면 아마도 그랬을 것이다.

그녀는 눈을 크게 떴다.

"뭐지? 외인이 애초에 이곳에는 왜……."

"할아버지들."

소하는 고개를 갸웃거리며 물었다.

"무당파 사람이 아니죠?"

그 말에 단숨에 공기가 굳어졌다.

월연 장로는 소하를 단숨에 죽여 버릴 듯 눈에서 안광을 쏘아냈다. 다른 이들도 마찬가지였다.

"헛소리를 한다면 용서하지 않겠다. 네 앞에 있는 우리는 무당의……."

"도사는 신실(信實)하며 배려(配慮)해야 한다."

소하의 목소리에 월연 장로는 말을 멈췄다.

"그래야 한다고 저는 배웠었는데요."

"허."

그의 얼굴에 희미한 주름이 어렸다.

"어린아이가 제멋대로 지껄이는구나. 네가 지금 우리의 상황을 아느냐? 자칫하면 무당의 지보가 그 명맥조차 잃어 어둠 속으로……."

"백연검로는 그런 게 아니에요."

"놈! 건방진 입을 계속……!"

한 장로가 나서는 순간 소하는 눈을 들어 올렸다.

그리고 손이 휘둘러진다.

그 순간 모든 이들은 말을 잃었다.

소하의 팔이 그리는 궤적, 그것은 빠른 속도로 가속하기 시작한다.

하나.

"검로의 처음은 연수(練修). 모든 것의 시작이자 본인의 지난 세월을 담았었지."

현 노인은 빙긋 웃으며 그리 말했었다.

흰 궤적은 순간 바람으로 변화한다.

세풍로.

알고 있는 초식의 모습에 청아는 침을 꿀꺽 삼켰다.

연수로에서 세풍로로 이어진 손은, 마치 허공에 존재하지 않는 검을 이루어내듯 노란 궤적을 남겼다.

그 뒤는 비형로(庇炯路).

둔중한 듯하지만 상대가 눈앞에서 바라본다면 그 검로를 쫓는 것조차 어려울 정도로 신출귀몰한 초식이다.

"말… 도 안 된다."

장로들은 입을 쩍 벌렸다.

소하의 팔이 다음으로 정주로를 그렸다. 순식간에 허공에 아름다운 문자가 새겨지는가 싶더니만, 이내 격렬하게 주연로로 연결되고 있었다.

그 후는 상원로.

청아는 자신이 익힌 백연검로의 초식들이 모두 우아한 모습으로 소하의 손에서 펼쳐지는 것을 멍하니 바라볼 수밖에 없었다.

그리고.

일곱 번째의 검로.

영운(嶺雲)의 모습에 다들 눈이 찢어질 듯 커지고 있었다. 그들 역시 이전부터 현 노인의 검을 보아온 자들이었기에 소하가 거짓으로 검로를 지어내고 있지 않다는 것을 알고 있었다.

숨소리마저 멎었다.

허공에 소하가 그려내는 검로는 이윽고 마지막으로 치닫고 있었다.

그러나.

"여기까지."

소하는 손을 멈추며 후우 하고 숨을 내뱉었다. 내공을 실어 백연검로를 처음부터 순서대로 전개하는 건 그것만으로도 많은 체력을 소모하는 일이었다.

"뭐, 뭐냐."

장로 하나가 다급히 소리를 내뱉었다.

"이게 어떻게 된 일이지?"

모두의 시선이 월연 장로에게로 향했다. 장로들을 이끄는 그가 무언가의 해답을 내주길 바란 것이다.

가만히 소하를 노려보고 있던 월연 장로의 입에서 거친 목소리가 흘러나왔다.

"설명해라."

"싫어요."

"너는 무당의 제자가 아니다."

그와 동시에 세 명의 장로가 칼을 빼 들었다.

스르릉!

위협적인 소리가 감돈다.

"말에 따라선, 네 팔을 잘라야 할 수도 있지."

"도사가 아닌 사람들에게 말할 필요는 없다고 생각하는데요."

동시에 소하의 온몸에서 노란 기운이 뿜어져 나왔다.

천양진기.

그것에 순간 청아마저도 움찔거릴 정도였다. 강렬하게 내뿜어지는 내공의 모습에 다른 장로들은 일순 인상을 찌푸렸다. 내공으로 보자면 소하는 자신들보다 훨씬 많은 양을 보유하고 있었던 것이다.

"자, 잠깐만 기다리십시오. 장로."

유일하게 칼을 뽑아들지 않았던 한 명이 앞으로 나섰다. 이전, 맨 처음 선무린과 대치했던 고연 장로였다.

"이유는 모르겠지만… 저 소협이 익힌 게 백연검로라는 것을 아시지 않습니까."

"그렇기에 더욱이 연원(淵源)을 알아야만 하는 것일세."

"하지만……."

고연 장로는 꿀꺽 침을 삼켰다. 이제까지 소수파로 대표되어 오던 그가 이런 식으로 말을 꺼내기는 처음이었던 것이다.

"그게 맞다면, 저 소협 역시 백로검의 후신(後身)입니다."

칼을 든 장로 모두가 움찔거렸다. 고연 장로의 말은 사실이었다.

"그리고."

고연 장로는 씁쓸한 표정을 지었다. 그는 아직까지도 검렵의 손가락이 자신에게로 향했던 그 순간을 잊을 수 없었다.

"저는 저 소협의 말에 동감합니다."

"고연……!"

한 명의 장로가 으득 이를 갈았다. 평소에도 다른 장로들의 파벌 싸움에 끼어들지 않았던 그가, 갑자기 이런 상황에서 말을 꺼내 올 줄이야!

고연은 다급히 고개를 돌렸다.

"소협이 원하는 건 뭔가?"

"시간이에요."

"시간……?"

소하는 고개를 끄덕였다. 그러고는 영문을 모르고 있는 청아의 어깨를 쥐며 씩 웃었다.

"백연검로를 완성할 수 있는 시간!"

침묵이 맴돌았다.

모두의 시선은 고연에게서 떠나 어둠에 가려 제대로 된 표정이 보이지 않는 월연 장로에게로 향하고 있었다.

그는 앉아 있는 의자의 팔걸이를 꽉 움켜쥐었다.

*   *   *

청아와 소하는 어둑한 숲길을 걷고 있었다. 장로전을 빠져나온 뒤, 청아는 마치 요술에 걸린 것만 같았다. 이렇게도 쉽게 장로들이 손을 거두며, 물러나라 말할 줄은 몰랐기 때문이다.

소하는 마냥 신기하다는 듯 제대로 나 있지 않은 길을 조심스레 밟으며 고개를 이리저리 돌려댔다. 가면 갈수록 안개가 짙어지고 있다. 게다가 단순한 냉기가 아니라, 무언가 알 수 없는 신령함까지 감돌고 있다.

"영운당은 이제 금방이다."

백로검 현암이 있는 장소는 무당파에서도 가장 은폐되고 비밀스러운 장소에 자리하고 있었다. 그렇기에 찾아가기 위해서는 이런 식으로 수고롭게 걸어야만 했던 것이다.

"빨리 갈 수는 없어?"

"진법(陣法)이 있어서 내공을 사용해도 빙빙 돌게 될 뿐이
다."

아무나 쉽사리 들어올 수 없도록 영운당의 주변에는 방괘
진(防卦陣)이라는 진법이 설치되어 있다. 통과해 본 경험이 없
다면 한동안 고생할 수밖에 없는 진법으로, 소하 역시 청아의
도움이 있기에 수월하게 나아가고 있던 것이다.

"왜 이렇게까지……."

"선대의 사람들은 백로검께서 너무나 강한 힘을 가졌다고
말씀하셨지."

그렇기에 질시(嫉視)했다.

무당의 검을 극한까지 익힌다 해도 그들은 백연검로를 처
음 본 순간 자신이 도저히 닿을 수 없는 경지라 생각해 버렸
던 것이다.

그렇게 스스로의 한계를 깨닫자, 그들은 도저히 그를 격리
시키지 않고서는 버틸 수 없었다.

"영운당은… 사실상, 백로검을 유폐(幽閉)하려 만든 곳이다."

소하는 그 말에 문득 현 노인의 표정이 생각났다.

소하가 문파에 대해 물을 무렵, 현 노인은 그들에 대해 성
실하고 착한 이들이라 말했었다. 그러나 그것에 대해 마 노인
이 이죽거리면, 늘 그의 표정은 하나였었다.

"누구나가 그러할 것일세. 아마 나 역시도 같았을지 모르지."

그는 그리 말하며 씁쓸하게 웃어 보일 뿐이었다.

그 웃음의 근원이 바로 이것이었다. 소하는 문득 영운당으로 통하는 좁은 길을 바라보았다.

'현 할아버지는, 늘 이곳에 계셨겠구나.'

좁은 길.

그러나 현 노인의 느낌이 난다.

"잠깐……!"

청아는 너무 앞서 나가는 소하를 제지하려 했다.

방패진은 침입자를 격퇴하는 진법이다. 갑작스레 사문(死門)으로 들어간다면 진이 자연스레 길을 바꿔 버릴 가능성이 있었던 것이다.

그러나.

소하가 발을 내디딘 순간, 주변의 공기가 변화하며 큰길이 보였다.

청아는 말을 이을 수 없었다. 소하는 너무도 자연스럽게 한 걸음을 내디디며 고개를 돌렸다.

"가자."

씩 웃는 그의 모습 뒤로 드러난 자그마한 전각 하나를 보며 청아는 이해할 수 없다는 표정을 지었지만, 이내 체념하고는 고개를 끄덕였다. 그녀 역시 소하에게서 알 수 없는 기운이 느껴진다는 생각을 해왔기에 빨리 수긍해 버린 것이다.

영운당은 우거진 수림(樹林) 속에 감춰져 있는 곳이다. 반쯤 무너진 지붕은 절묘하게 덩굴과 얽혀 있고, 창문은 삭고 깨져 구멍이 뚫린 상태였다.

마치 자연 그 자체인 듯하다.

청아는 소하를 따라잡으며 천천히 안으로 들어섰다.

시원한 바람이 코를 간질인다. 소하는 이전부터 익히 맡아왔던 향취(香臭)에 깨달았다.

이곳에 현 노인이 있었다.

그에게서 풍겼던 알 수 없는 기운들은 영운당에 고스란히 보존되어 있었다.

"일단 여기서… 너……?"

청아는 소하가 손을 들어 눈두덩이를 꽉 누르는 것에 놀란 표정을 지었다. 그가 갑작스레 여기서 눈물을 보일 줄은 몰랐던 것이다.

잠시 허공을 노려보던 청아는 이내 후우 하고 한숨을 쉬고서는 머리를 긁적였다.

소하의 행동을 제대로 받아들이기 어려워진 탓이다.

하지만 조용히 그의 옆에 서 있었다.

그 기분을 왠지 알 것도 같았기 때문이다.

"미안."

한참 뒤 소하는 그리 말하며 영운당의 마루에 올랐다.

안쪽은 큰 전당으로 만들어져 있다. 아마도 무공을 수련하는 장소였겠지.

조금 진정이 되자 부끄러워진 탓인지 얼굴이 빨갛게 익어 있는 모습이었다.

"한 가지 묻고 싶은 게 있었다."

청아는 조용히 그에게로 시선을 향했다.

"어디서 백연검로를 익혔지?"

"현 할아버지께."

"백로검 대협을 말하는 거냐?"

청아의 눈이 이상하게 변했다.

그가 백연검로를 익혔다고 확신하지 않았다면 단박에 미친 놈이라고 생각해 버릴 만했다.

"그분은 시천마와의 싸움 이후……."

"시천월교의 감옥."

소하는 천천히 등에 짊어진 굉명을 풀어 영운당의 옆에 기대어 놓았다. 그러고는 앞으로 다가가, 천천히 그녀에게로 손을 내밀었다.

"그곳에서 배웠어."

"뭐……?"

소하의 손이 부드럽게 그녀의 허리춤에 매어진 칼집을 붙잡았다. 그러고는 칼을 들어 올리며 그는 천천히 다시 뒤로 걸어가기 시작했다.

"할아버지께서는 무당파에 대해 많은 말씀을 해주지 않았지만."

소하는 천천히 검을 빼어 들었다.

가운악의 검.

백아가 소하의 손 안에서 찬란히 빛나는 것에 청아는 입술을 꽉 깨물었다.

"그렇다는 건."

그녀는 자신의 손에 쥐어진 검을 내려다보고 있었다.

"네가 정통(正統)이라는 뜻이다."

소하가 왜 백연검로의 이후까지를 익히고 있는지 이해할 수 있었다.

청아는 그저 서책을 참고로 해 자기 스스로 검법을 익힌 것에 지나지 않지만, 소하는 백로검에게 직접 가르침을 받았다. 그 차이가 드러날 수밖에 없었던 것이다.

"굳이 내가 백연검로를 익힐 필요는……."

손아귀의 힘이 풀려 나가는 것만 같았다.

"그래서야."

청아의 시선에 소하는 문득 과거가 떠올랐다.

백연검로의 수행 중 물음을 던진 적이 있었다.

왜 자신에게 이러한 검법을 알려주느냐는 것. 네 노인의 무공은 어린 소하가 보기에도 어마어마한 힘을 응축하고 있는 것이었다.

그것에 현 노인은 도사가 가져야 할 마음가짐에 대해서 이 야기를 해주었었다. 아니, 그건 애초에 이 무림을 살아가야 할 '사람'의 마음가짐이기도 했다.

"우리는 서로 함께 살아가기 위해 존재하는 것이란다."

그는 흰 수염을 쓰다듬으며 그리 말했었다.

"현 할아버지는 나를 도와줬으니까."

그가 백연검로를 제한시킨 이유를 알 수 있었다. 익힐 수 있는 자들이 많지는 않겠지만, 수가 늘게 된다면 그것은 곧 자격 없는 이가 강한 검을 쥐게 될 가능성이 생기게 될 것이다.

힘을 가진 이는 교만해지기 쉽다. 소하는 그것을 이제까지의 무림행을 통해 알 수 있었다.

"나도 널 도와주고 싶은 거야."

청아는 멍하니 소하를 바라보고 있었다.

검을 쥔 그는 천천히 자세를 취했다. 백연검로의 기수식이었다.

서서히 기운이 맴돈다.

그에 청아의 몸에서도 무상기가 흘러나오기 시작했다.

그녀는 잠시 말을 잃었지만 이내 자신이 할 말은 하나뿐이라는 것을 깨달았다.

"고맙다."

씩 웃는 소하의 모습을 끝으로 두 명은 동시에 빛살로 화하며 서로에게로 부딪쳤다.

*　　　　*　　　　*

"열심이로군."

철무는 술병을 비우며 그리 중얼거렸다.

운요는 인기척이 없는 뒷마당에서 계속 검을 휘두르고 있었다. 청량선공을 극대화시키자 일렁이는 기운은 마치 주변에 가상의 적을 만들어내는 듯했다.

벤다. 베고 또 벤다.

운요가 상상하는 건 자신이 생각했을 때 가장 강한 적의 모습이다. 청성파의 무공은 어디까지나 도에 이르는 수단이었기에 이런 식으로 홀로 수련하는 일이 많다. 운요가 하는 법도 청성파의 고유 수련법인 명(冥)이라는 수련법이었다.

청량선공이 흔들리는 순간, 운요는 그쪽을 강하게 내리 벴다. 그의 눈에는 이미 적의 모습이 확연하게 비치고 있었다.

홍귀의 몸이 사라진다.

비홍청운을 펼친 순간 아득하게 펼쳐진 검격은 순식간에 홍귀의 몸을 양단하며 허공에 흩날리게 만들었다.

물론 이것이 실제 그자의 힘은 아니다. 하지만 운요는 홍귀의 칼날이 자신에게 닿는다고 생각한 순간 신음을 참으며 몸을 웅크렸다.

깊숙한 몰입 상태. 즉 가상의 일격이라 해도 맞는 순간만큼은 실제 고통이 되어 전달된다는 것이다.

"흐음."

철무는 그것을 보며 고개를 끄덕였다. 보통 홀로 하는 수련은 자기에게 너무 매몰되어 효과가 없기 십상이다. 그러나 운요는 철저히 객관적으로 자신을 파악하고 있었다.

홍귀와는 비슷한 태세를 유지하면서 싸울 수 있다.

하지만 상대가 변한 순간, 운요는 인상을 찌푸리며 팔을 비틀었다.

오른팔이 잘렸다.

그것에 철무의 눈이 번득였다.

"독특하군."

운요는 비틀거리며 물러선 뒤, 천천히 몰입에서 벗어나며 후우 하고 숨을 내뱉었다.

"월교의 인물을 떠올릴 줄은 몰랐는데?"

"알고 있소?"

땀범벅이 된 그의 입가에 미소가 깃들었다.

"모를 리가 없지."

철무는 쯔쯔 소리를 내며 중얼거렸다.

"만검천주의 위상은… 이전 그 검렵도 따라잡기 어려울 정도니까."

만검천주 성중결.

이전 자신의 스승님을 벤 자, 그리고 청성의 멸망에 가장 큰 원인이 되었던 인물이다.

아직까지도 운요는 그에게 제대로 된 상처를 입힐 수 없었다. 하물며 환상한테까지 말이다.

"하지만 아직 자네에게는……."

그 순간 철무의 눈이 살짝 일그러졌다.

운요의 몸에서 피어나오는 기운이 맹렬해지기 시작한다.

"그럴지도 모르오."

따라잡기란 요원하다. 운요는 자신의 스승이 도달했던 경지에 자신이 도달했다고는 믿지 않았기 때문이다.

하지만 자신에게 맡겨진 소원(所願)이 있다면.

청량선공의 기운이 서서히 적자(赤紫)색을 띤다.

마지막 비검.

운요는 이를 으득 악물며 환상 속의 만검천주를 노려보았다.

*　　　　*　　　　*

카아아앙!

칼날이 부딪치자 맹렬한 소리가 울려 퍼진다. 소하와 청아는 달라붙는 동시에 서로에게로 검을 휘두르며 또다시 거리를 벌렸다.

그와 함께 뻗어 나오는 일검. 정주로가 펼쳐지며 복잡하게 청아의 온몸을 내갈기고 있었다.

"큭!"

청아는 미간을 찌푸리며 즉시 허공에 삼검을 뿌렸다.

칵! 칵!

두 번의 찌르기를 무효화시키며, 그녀는 으득 하고 이를 악물 수밖에 없었다.

소하의 전신에 어린 천양진기 때문에 칼날이 닿는 순간 팔에 저릿거리는 충격이 계속 쌓여가고 있었던 것이다.

'강하다.'

소하는 백연검로만을 사용하면서도 청아에게 전혀 뒤처지지 않는 속도를 보여주고 있었다.

파아아앗!

그녀는 자신의 머리칼을 스치는 찌르기에 고개를 틀며 그대로 오른손에 쥔 검을 세로로 휘둘렀다. 각자의 검로 중 누구의 검로가 더 부드럽게 흘러가느냐가 승부를 좌우하고 있었다.

그 순간 소하의 검이 변화를 보였다.

찌르기에서 베기로 변한 것이다.

청아는 재빨리 칼날을 흘러내며 발을 앞으로 내디뎠다. 무상기 때문에 소하의 움직임을 얼추 읽을 수는 있지만, 그는 예측을 상회할 정도로 빠르게 덤벼들고 있었다.

'정주로에서 세풍로로!'

복잡한 변화를 보여주는 정주로가 일순 가속한다. 쾌속을 중시하는 세풍로로 변화한 것이다.

백연검로의 극의는 검로의 천변만화(千變萬化)에 있다. 소하는 눈을 어지럽히던 검로를 한 점으로 응집시키며 단숨에 청아의 앞까지 쇄도했다.

파카가가각!

"크으윽!"

그녀는 신음을 흘릴 수밖에 없었다. 다급히 칼을 세워 막아내기는 했지만 손목이 꺾일 정도로 어마어마한 경력이 칼날을 타고 스며드는 중이었다.

그 순간 청아의 검로도 변화했다. 주연로에서 상원로로 변화하는 즉시, 소하의 칼날을 쳐내며 빠른 속도로 그의 가슴팍을 향해 칼을 찔러낸 것이다.

소하는 그것에 몸을 숙여 피해냈다. 허공에는 하늘하늘한 잔상만이 어그러지고 있을 뿐이었다.

천영군림보로 피해낸 소하는 이윽고 숨을 내뱉으며 청아에게 말을 걸었다.

"아직 전환이 느려."

"알아."

청아는 땀범벅이 된 채로 헐떡였다. 백연검로를 이토록 오래 펼쳐본 적은 처음이었기에 체력이 모자랄 수밖에 없었다.

'저 녀석은.'

소하는 아무렇지도 않아 보였다. 그저 조금 땀이 난다는 듯 이마를 훔치고 있을 뿐이었다.

"그래도 일단… 일로에서 육로까지는 어떻게든 됐네."

소하가 시작한 것은 청아가 익히고 있는 백연검로를 처음부터 한계까지 이어나가는 일이었다. 아무도 없는 상태에서의 시연이라고 한다면 간단한 일이겠지만, 자신을 공격하는 상대가 존재할 때는 만만한 일이 아니다.

실제로 청아는 녹초가 될 때까지 몰아붙여진 뒤에야 겨우 일로에서 육로까지를 자유로이 연결할 수 있었고 말이다.

"하지만 결과는 같아."

그녀는 씁쓸하게 자조했다.

"이 정도로는… 아무것도 할 수 없지."

헛웃음만이 흐를 뿐이었다. 검렵이 잠시 보여줬던 그 살기에 비하자면 자신이 들고 있는 건 그저 나뭇가지처럼 느껴질 지경이었다.

"나는……."

아무것도 할 수 없다.

그저 죽고 말 것이다. 검렵이라는 절정을 넘어선 고수의 손에 말이다.

"그럼 포기해."

바람결에 목소리가 들렸다.

그녀가 황급히 고개를 들자, 그곳에는 여전히 느긋한 표정의 소하가 서 있었다.

"그렇다면 포기하는 게 맞지."

"……."

그녀는 꽉 칼자루를 움켜쥐었다.

이상했다. 소하가 하는 말에 동의하면서도, 그에 반박하는 말들이 울컥울컥 목구멍을 타고 치밀어 올랐다.

"그러면 그자가 모두를 죽일 거다."

"네게 죽으라고 말했었지. 게다가… 그 장로들은 도사라고 말하기도 힘들어 보이던데."

소하는 아무렇지도 않다는 듯 그렇게 말했다.

도망쳐도 된다.

그런다 해도 아무도 그녀를 책망하지 않으리라.

"나는……."

너무 꽉 힘을 줘서 팔이 덜덜 떨려올 지경이었다.

"도망치고 싶지 않아."

그랬다.

계속해서 치미는 이 욕지기는 바로 그 마음 때문이었다.

"그자는 무당을 모욕했다."

누구보다도 그가 사랑했던 문파다.

'집'이라고 부르며, 세상 무엇과도 바꿀 수 없는 보물과도 같이 여겼던 곳이다. 길 하나, 건물 하나에 모두 그의 그림자가 배어 있었다.

청아는 그것을 알아차리자마자 두 눈에서 불길이 들끓어 오르는 것만 같았다.

"맞아."

키이잉……!

칼날에서 울음소리가 퍼져 나왔다. 소하의 내공이 집약되고 있기 때문이다.

그는 가운악의 검을 든 채로, 청아를 겨눴다.

"그렇기에, 나도 가만히 있을 수 없었어."

"누구보다도 우리는 협을 위해 싸웠다."

설사 그 마음이 변질되었다고 해도.

이제 더 이상, 남아 있지 않은 이상(理想)이라 해도.

소하는 현 노인의 자취를 지키고 싶었다. 이대로 그들이 굴복한다면, 백련이라는 검을 넘겨준다면, 현 노인이 살아왔던 인생 자체를 부정당하는 듯한 기분이 들었기 때문이다.

"지금부터는 내가 할아버지께 배웠던 방식으로 할게."

"……!"

백로검의 교육.

청아는 단 한 번도 누군가에게 조언을 들어본 적이 없었다. 오로지 스스로 이 영운당 내에서 검을 휘둘러 왔을 뿐이다.

무림행을 나갔을 때에도 그 성취에 대부분의 무인들이 쩔쩔맸지만, 지금 소하의 몸에서 피어오르는 기운을 이겨내기란 어려웠다.

"왜 날 도와주는 거지?"

이해할 수 없었다.

소하는 백연검로를 이어받은 자다. 그렇기에 굳이 청아에게 이렇게까지 신경 쓸 필요가 없었던 것이다.

"현 할아버지가 계셨다면, 분명 그렇게 하라고 했을 테니까."

그들이 있기에 소하는 나아갈 수 있다.

자신이 올바르다고 여기는 길을 향할 수 있다.

그 말에 청아는 아무 답도 할 수 없었다. 아니, 애초에 한 마디의 말밖에 떠오르지 않았을 뿐이다.

"고맙다."

그녀는 눈을 꾹 감았다. 남 앞에서 울기는 싫었다. 이상하게도, 가운악과 같이 있을 때처럼 마음속 어딘가가 따스해지는 기분이 일었다.

"소하."

소하는 여전히 빙긋 웃고 있을 뿐이었다.

"사흘."

검렵 선무린은 허공을 올려다보고 있었다.

그는 무당의 명소로 꼽히는 해검지에 죽치고 앉아, 가끔씩 이곳에 오는 이들을 기다리고 있었다. 마냥 가만히 있기에는 좀이 쑤셨던 것이다.

그러나 이후로는 아무도 오지 않는다. 애초에 무당파에 방문하는 이들은 점점 적어지는 터였고, 이전처럼 돈이나 명성에 눈이 먼 이들만이 걸음을 옮기는 상황이었기에 재미도 없어져 가고 있었다.

'그냥 바로 움직일 걸 그랬군.'

그는 내심 후회했지만 자신이 뱉은 말을 번복할 마음은 없었기에 픽 웃음을 흘릴 뿐이었다.

'어차피 죽기 싫을 테니, 도망이라도 가려나.'

선무린은 머리를 벅벅 긁었다. 반개한 눈은 허탈하게 구름이 흘러가는 하늘을 올려다보고 있었다.

"재미없구만."

차라리 시천월교가 있을 때가 나았다.

그는 툴툴거리며 고개를 슬쩍 옆으로 기울였다.

그리고.

"음?"

선무린의 미간이 찌푸려졌다.

터벅터벅 산을 내려오고 있는 소년의 모습 때문이다.

"뭐······?"

그는 저도 모르게 입을 열어 소리를 내뱉었다.

"아, 여기였군."

소하는 천천히 앞으로 향했다. 바위에서 뛰어 단번에 착지한 그는, 이내 후우 하고 숨을 뱉으며 고개를 들어 올리고 있었다.

"어딘지 몰라서 한참 찾았네요."

"일찍 뒈지고 싶어서 온 거냐?"

선무린은 마침 잘됐다는 듯 웃음을 흘리며 몸을 일으켰다.

"싸움은 앞으로 열흘은 더 지나서 하기로 했었잖아요?"

"그랬었지."

선무린의 눈초리가 매서워졌다. 그런데 무슨 일이냐는 것이다.

소하는 천천히 자신의 등에 매어져 있는 굉명을 붙잡았다.

"한 번 알고 싶어서요."

콰아아아아!

동시에 소하의 몸에서 기운이 치솟았다. 천양진기 사식을 발동시킨 것이다. 그걸 본 선무린 역시도 입가에 히죽 웃음을 매달고 있었다.

"어디까지 할 수 있는지."

"이것 봐라."

동시에 소하의 몸이 치솟았다. 빠르게 번개처럼 마구 어우러지는 모습. 그것에 선무린은 크하 하고 웃음을 내뱉었다.

"맹랑한 놈이로군!"

그의 오른손이 펼쳐지며 허공을 때리고 있었다.

콰아아앗!

소하의 눈이 옆으로 기울어졌다. 허공을 때린 일격은 자연스레 대기를 타고 소하의 뺨 언저리를 두들기고 있었던 것이다.

'보이지 않는 공격……!'

선무린의 공격은 단순한 풍압(風壓)이다.

그러나 그것이 내공에 의해 급격하게 가속되어 마치 둔기로 얻어맞은 것 같은 위력을 내는 것이다. 선무린은 소하가 일격에 거꾸러질 것이라 생각했다. 건방진 꼬마에게 현실의 벽을 알려주려 한 것이다.

그러나 그의 눈이 슬쩍 일그러졌다.

소하는 몸을 비틀며 공격을 완전히 피하는 동시에, 허공에서 신형을 튕기며 맹렬하게 쏟아져 왔던 것이다.

천영군림보의 힘이다.

공중을 나는 듯 달려드는 소하를 보며, 선무린은 헛 하고 웃음을 흘렸다.

"보였나?"

"예전에 봐서요."

소하의 답에 선무린은 고개를 끄덕였다. 이전 월연 장로를 공격하기도 했던 적이라는 기술이다. 탄지(彈指)의 원리를 이용해 상대방을 멀리서 쏘아 맞추는 무공, 안다고 해서 피할 수 있는 것은 아니었다.

"제법!"

그의 소매가 휘저어졌다. 단숨에 주변의 대기가 어지러워지며 회오리가 일어났고, 소하는 그것을 광명으로 내려찍으며 동시에 굉천도법을 펼쳤다.

자신의 공격이 흩어져 버리는 것을 본 선무린은 이내 뒤로 향했던 오른손을 앞으로 뻗었다.

장풍(掌風)이라 함은 무릇 그렇게까지 큰 위력을 내기 어려운 법이다.

그러나 소하는 몸을 뒤틀 수밖에 없었다.

꽈아아아앙!

그 순간 뒤쪽에서 굉음과 함께 돌들이 박살 나 흩어지는 소리가 들렸다. 그의 손이 뻗어진 순간, 일직선에 있는 장애물들이 모조리 부서지며 가루가 되어버린 것이다.

'장난이 아니네.'

소하는 내심 혀를 내두르며 광명을 치켜들었다.

그와 동시에 귀가 찢어질 듯한 소리가 쏟아지기 시작했다. 내공을 광명으로 몰아넣은 것이다.

"그 도……?"

선무린의 눈이 가늘어진다. 그러나 그는 어느 순간 자신의 눈앞으로 다가와 있는 칼날을 보고는 물러설 수밖에 없었다.

콰콰콰콰쾅!

소하의 도는 멈추지 않았다. 단숨에 굉천도법의 초식을 이어나가며 그의 온몸을 두들겼고, 선무린은 아슬아슬하게 그것들을 피해내며 인상을 구길 수밖에 없었다.

'내가 물러났다?'

실로 오랜만의 일이다. 움직임을 예측했지만 그 상황에서는 물러나는 게 최선이라 판단해 본 적이 말이다.

소하는 그 잠시의 망설임을 놓치지 않았다.

굉천도법의 천장우가 퍼부어진다. 소나기처럼 내려찍는 도첨은, 단숨에 그의 공격을 뿌리치고 머리를 반으로 쪼개어 놓을 경력을 지니고 있었다.

턱!

그러나 막혔다.

순간 선무린의 몸에 잿빛 기운이 어린다. 그는 손으로 부여잡은 굉명을 뚫어지게 노려보다 소하에게로 눈을 돌렸다.

"굉천도법."

그와 동시에 그의 온몸에서 기운이 솟아올랐다.

콰아아앙!

폭발.

소하는 뒤로 튕겨 나가며 땅을 데굴데굴 굴렀다.

충격을 완화하기는 했지만, 눈앞에서 불꽃이 일더니만 내공이 분출해 오르는 것에 도저히 어찌할 수가 없었다.

"좋아."

선무린은 고개를 꺾으며 조용히 중얼거렸다.

"건방진 놈이라고 생각했지만… 이건 아주 기분 좋군."

그의 입가에 미소가 걸린다.

"굉천도법이라니!"

소하는 굉명을 허공에 휘저어 손을 풀며 선무린을 바라보았다.

'걸려들었다.'

지금 이건 소하에게 있어 하나의 시도였다.

온몸에 어리는 노란 내공들. 천양진기는 더욱더 전신을 재촉하며 번쩍이고 있었다.

더 해보라는 듯이 말이다.

소하는 이전 수라도와의 싸움에서 희미한 의문을 느꼈었다. 천양진기 이식까지 펼칠 때에는 무리라고 소리치던 몸이 사식에 이르러서는 오히려 익숙해지고 있었다.

이유는 알 수 없었다. 다만, 자신이 어디까지 갈 수 있는지에 대해 궁금할 뿐이다.

소하는 전신에서 태양 같은 기운을 뿜어냈다.

콰오오오!

그의 온몸에서 열기가 쏟아져 나오자, 선무린은 흐홋 하고 입 밖으로 웃음을 내뱉었다.

"이거, 아주⋯ 진수성찬이군!"

그의 양손에 붉은 기운이 어린다. 그리고 동시에 소하에게로 짐승처럼 쏟아져 나가기 시작했다.

손이 허공을 가르자, 그대로 기운이 쏟아지며 바위를 부쉈다.

퍼석!

마치 모래로 된 양 맞는 순간 무너져 내린다. 그가 익힌 내공심법이 외부에 치명적인 영향을 끼친다는 증거였다.

굉명이 울부짖는다. 소하는 눈앞이 흐려질 정도로 가속하며 그에게로 도약했다.

부딪치는 순간 굉명에서 노란 기운이 폭출됐다. 선무린의 붉은 내공이 일순 뭉그러질 정도의 어마어마한 힘이었다.

"하하!"

그러나 선무린은 여전히 웃으며 팔을 휘두를 뿐이었다.

굉천도법의 패력을 그대로 받아낸다.

그는 잔영만 남을 정도로 빠르게 팔을 휘저으며 소하의 공격을 모조리 쳐내는 중이었다.

그러나 계속해서 선무린의 내공이 역으로 밀리고 있었다. 천양진기의 극양기를 이기지 못한 탓이다.

그는 그것을 깨닫자 즉시 손가락을 튕겼다.

"큭!"

소하는 어깨를 맞추는 공격에 인상을 찌푸렸다. 단숨에 펼치던 공격이 중단된 것이다.

"고작 그건가!"

선무린은 짐승처럼 웃으며 소하의 얼굴로 일장을 휘둘렀다. 맞는 순간 뼈를 부수고 머리를 터뜨려 버릴 경력이 집약되어 있었다.

그 순간 소하는 자신의 발등을 밟았다.

대각선으로 휘돌아 장력을 피해낸 소하의 손에서 네 개의 도격이 허공을 잘랐다.

굉천도법의 연타!

콰콰콰콰콰!

동시에 선무린의 몸이 마주 구겨지며 뒤로 튕겨 나갔다.

"후우."

내려앉은 소하의 입에서 바람 빠지는 소리가 새어 나왔다. 내공을 급격하게 소모하니 온몸에 탈력감이 온 것이다.

천영군림보를 응용해 기습하기는 했지만, 다행히 잘 먹혀 들어갔다.

그가 막아냈더라면 지금 소하는 치명상을 입었을지도 모르는 일이었다.

바위가 무너지며 먼지가 피어오른다.

선무린 역시 자신이 반격을 당하리란 생각을 하지 않았는지, 제대로 얻어맞아 벽으로 처박혔기 때문이다.

"하, 하."

그러나 웃음소리가 들린다.

바위를 밀어내며 몸을 일으킨 선무린은 전신에서 피어오르는 먼지를 툭툭 털어내며 만족스러운 얼굴을 들어 올렸다.

"제법 하는군."

동시에 그의 손이 서서히 허리춤으로 이동하기 시작했다.

"그럼 이쪽도 제대로……"

"그만하죠."

문득 들려온 소하의 목소리에 선무린의 눈이 둥그렇게 떠졌다.

"뭐라고?"

"이걸로 알 만한 건 충분히 알아서요."

팔이 저리는지 빙빙 돌리고 있는 모습이다. 선무린은 잠시 고개를 갸우뚱 기울이더니만 눈살을 찌푸렸다.

"그냥 보내줄 거라고 생각하냐?"

"싸움은 정확히 보름 뒤라고 했었죠?"

그가 한 말이다.

소하는 선무린이 침묵하자 얼른 말을 이었다.

"그때 제대로 붙어보죠."

"하."

선무린의 입가가 꿈틀거렸다.

"하, 하하하하하!"

쩌렁쩌렁한 소리가 주변을 메운다. 나뭇잎이 흔들리고, 새가 날아가며 모래가 진동할 정도의 경력이었다.

"아주 맹랑하군. 어린놈이……!"

그는 한 손으로 얼굴을 가리며 웃음을 토했다.

"이 나에게 무공을 시험해 봤다는 건가?"

그렇다.

소하는 굉천도법을 천양진기 사식에 융화시키는 연습을 해 보았고, 그것은 실제로 대단한 효과를 보았다.

이전 수라도와 싸울 때 감정이 격해져 저도 모르게 해왔던 움직임을 이제 제대로 알아낼 수 있었던 것이다.

몸이 적응한 것이 아니라, 천양진기와 굉천도법이 제대로 어우러지기 시작한 것이다.

그렇기에 사식을 견딜 수 있게 되었다.

"지금 살려준다고 치자."

선무린은 허리춤의 칼에서 손을 떼며 입을 열었다.

"그럼 넌 나에게 뭘 보여줄 거지? 굉천도법으로는 한계가 있어 보이는데."

지금 수준으로는 소하가 그를 이길 수는 없다. 선무린 역시 그것을 알았다.

그는 무기도 들지 않았고, 내공심법을 단순히 공격으로만 사용했기에 소하가 이만큼이나 몰아붙일 수 있었던 것이다.

소하는 단단히 양발을 땅에 디딘 채로 선무린을 쳐다보았다.

"백연검로."

선무린의 눈이 묘한 빛을 띠었다.

"허어."

침묵이 일었다. 소하가 거짓말이라고 고백하길 기다리는 듯, 가만히 서 있던 그는 이내 허공을 올려다보았다.

"굉천도법에 백연검로라."

그는 헛웃음을 흘렸다.

"이제까지 들었던 개소리들 중 가장 성대한 개소리로군."

답은 없다.

선무린은 히죽 미소를 지었다.

"좋아. 그때까지는 놀아나 주지."

그는 터벅터벅 옆으로 걸어가 바위 위에 걸터앉았다.

발을 꾹 누른 것뿐인데 몸이 튕겨 오르며 바위로 하늘하늘 내려앉았다. 경신의 사용법이 능숙한 것이다.

"꺼져라."

그의 입가에 만족스러운 웃음이 자리 잡고 있었다.

*　　　*　　　*

"너… 제정신이냐?"

청아는 어디론가 훌쩍 사라졌던 소하가 실은 선무린과 싸우고 왔다는 사실에 경악한 표정을 지었다. 애초에 어디 하나가 안 잘려서 온 게 대단한 일이다.

"하마터면 큰일 날 뻔하기는 했지."

조금만 더 늦게 제지했다면 소하는 아마 여기 서 있지 못했을 것이다. 그런 말을 하면서 하하 웃는 소하에게 질린 청아는 이내 허어 하고 한숨을 내뱉었다.

"그래서 어떻게 하려는 거지?"

"일단… 지금 우리 수준으로는 도저히 무리겠더라."

소하는 솔직히 인정했다. 천양진기 사식에 도달했다고 해도 선무린과 싸우는 데에는 많은 집중을 필요로 했다. 더군다나 그가 검을 썼다면, 아마 소하는 두 동강이 났을 게 뻔했다.

소하의 답에 청아는 그를 찌릿 노려보았다. 그런 이야기를 들어서 뭔가가 해결되는 것이 아니다.

"그렇단 건……."

"일단은 백연검로가 우선이야."

소하는 칼을 집어 들며 씩 미소를 보였다.

그 모습에 청아는 더욱 알 수 없다는 표정이 되었다. 백연검로를 익힌다고 해서 압도적인 무력을 보이는 선무린을 상대할 수 있다는 뜻인가?

'무슨 생각을 하는지 모르겠군.'

하지만 청아 역시 그대로 절망하고만 있기도 싫었다. 그녀도 검을 들자, 소하는 후우 하고 숨을 내뱉었다. 동시에 그의 온몸에서 천양진기가 뻗어나오고 있었다.

"이제 조금씩 기세를 올릴게."

천양진기 이식의 소하와 대련한 지 어느덧 사흘이 지났다. 처음에는 도저히 따라붙을 수 없다고 생각했던 속도도 어느 정도 적응이 되자 시야에 들어오고 있던 터였다.

파아아앗!

소하의 몸에서 강한 기운이 솟구친다. 천양진기 사식의 발동이다.

수라도조차 당해낼 수 없었던 경지.

청아는 이를 악물며 천천히 자세를 잡았다. 소하와의 대련이 계속될수록, 그가 어떤 식으로 수련을 해왔는지 대충 감을 잡을 수 있었다.

철저한 실전.

소하의 백연검로는 청아와 조금 궤를 달리하는 구석이 있었다. 휘둘러지는 데에 있어 더욱 날카롭고, 초식들의 연계가 매끄럽다.

'제대로 된 스승에게 배워서겠지.'

그러한 생각이 들 때마다 청아는 자신의 가슴이 쿡쿡 아려 오는 기분을 느꼈다. 홀로 영운당에서 연습을 했던 자신이 바보같이 느껴진 것이다.

카앙!

순간 칼날이 부딪친다.

"집중해."

청아는 헛 하고 정신을 되돌리며 소하가 쳐내오는 검식을 받아 넘겼다.

하지만 뭔가가 이상하다. 소하는 선무린과의 싸움이 끝난 뒤, 계속해서 처음부터 끝까지의 검식을 연속해서 사용하고만 있을 뿐이었다. 더 많은 조합과 변수가 숨어 있는 것이 백연검로거늘, 그에 대해 제대로 활용하지 못하는 느낌이었다.

'왜지?'

묻고 싶었다. 하지만 소하는 계속해서 칼을 휘둘러올 뿐이다. 매서운 세풍로가 옆머리를 스쳐 지나가자, 그녀는 즉시 몸을 휘돌리며 거칠게 주연로를 펼쳤다.

파캇!

검봉이 서로 어우러지며 불똥이 튄다.

뒤로 피하며 상원로.

청아의 머리에 그것이 느껴진 순간, 소하는 그녀의 생각과 똑같은 자세를 취하며 검을 내쏘았다.

"큭!"

그녀는 순간 미간을 일그러뜨리며 칼을 쳐냈다.

"놀리는 거냐!"

연수로에서부터 상원로까지, 백연검로의 육식(六式)을 순서대로 펼치는 것을 모를 리가 없었다.

그녀의 고함에 소하는 여전히 진지한 얼굴로 몸을 멈춰 세울 뿐이었다.

"내가 약해서… 이따위로 상대하는 거라면……!"

그녀는 칼을 잡은 손을 부르르 떨었다.

"차라리, 내가 죽는 게……."

"아니야."

소하는 그녀의 말을 단칼에 끊으며 천양진기의 기운을 끌어 올렸다.

"내게 따라올 수 있었지?"

"뭐?"

청아는 문득 소하를 바라보았다.

그는 천양진기 사식에 도달한 상태다. 평소의 청아는 도저히 따라갈 수 없는 속도였던 것이다.

그러나 알았다. 소하의 기수식을 읽고, 소하보다 빠르게 생각해서 반응했다. 실제로 어마어마한 속력을 보이는 그보다 말이다.

"무상기는 그런 내공심법이었구나."

소하는 고개를 주억거렸다.

무상기는 상대가 강하면 강할수록 그에 따라 주변을 장악하는 정도가 올라간다.

청아는 이제까지 강한 이들과 대련을 해볼 기회가 많이 없었기에 그 사소한 변화를 알아채지 못한 것뿐이다.

그녀는 뒤늦게 민감해진 감각을 느꼈다.

처음이었다. 주변의 모든 사물들이 마치 손으로 만지고 있는 것처럼 똑똑히 느껴지고 있었다.

"어째서……."

이제까지는 알지 못했지?

그 의문에 소하가 대답했다.

"그럴 수밖에 없었으니까."

백연검로는 기이한 검법이다.

처음 현 노인이 소하를 가르칠 적, 그는 소하가 알고 있던 무공에 대한 이론과는 전혀 반대의 내용을 말했었다.

"백연검로는 수많은 경험을 통해 비로소 시작할 수 있는 것이란다."

무공은 기초를 익혀, 경험을 쌓아 그것을 단련해 극의에 이르는 것이라던 척 노인이나 마 노인의 말과는 달랐다. 소하가 이해하지 못하는 모습에 현 노인은 웃음을 지을 뿐이었다.

"심의(深意)에 대해서는 차후 동자가 스스로 깨달을 것이다. 우선은… 나와 함께, 차근차근 나아가 보자꾸나."

검로는 검이 가는 길이다.

소하는 그렇기에 백연검로를 수행할 때에는 이상하게도 많은 싸움보다는 현 노인과의 대화를 많이 이어갔었다. 명상을 하기도 하고 때로는 기이한 선문답을 주고받기도 했다.

처음에는 그것이 무슨 의미를 가지는지 알 수 없었다. 그저 현 노인을 믿고 따랐을 뿐이다.

그러나 지금은.

"누군가가 있어야 더욱 향상(向上)할 수 있는 검."

그것이 백연검로라는 것을 깨달았다.

"이제야 할 수 있겠어."

"뭘 말이지……?"

청아 역시 무상기의 가능성을 느꼈다. 자신이 마음을 먹으면, 조금 더 앞으로 나아갈 수 있다는 느낌, 그 경지에 도달해보지 못한 이들은 절대로 알 수 없는 떨림이 가슴 속에서 흐르고 있었다.

"마지막."

소하는 천천히 검을 들어 올렸다.

그의 두 눈은 호기심으로 반짝이고 있었다.

무(武)의 길은 끝이 없다.

척 노인은 그리 말하며 소하에게 끌끌 소리를 냈다. 아직 그가 수련에 힘들어하고 있는 것은 그 앞에 놓인 거대한 즐거움을 미처 바라보지 못했기 때문이라 훈수하면서 말이다.

이제야 알 수 있었다.

소하는 손이 떨려옴을 느꼈다.

백연검로의 마지막 길.

청아 역시 기운을 느꼈다. 극도로 펼쳐진 무상기는 소하의 격동을 더욱더 강하게 자신에게로 전하고 있었다.

"혼자서는 무리야."

현 노인도 그렇게 말했다.

팔로(八路)를 익힐 적, 소하가 제대로 그것을 받아들이지 못하는 것에 초조해하자 그저 허허 웃어 보일 뿐이었다.

언젠가는 다다를 수 있는 길이라면서 말이다.

온몸에서 천양진기의 기운이 솟구쳐 오른다.

청아 역시 소하를 바라보고 있었다.

동시에 두 명의 몸이 쏘아져 나가며, 영운당을 섬광이 가득 메웠다.

*　　　　　*　　　　　*

보름.

무당파의 장로들은 그 시간이 지나자 모두 초조한 표정을 지을 수밖에 없었다.

죽은 시신들을 묻어준 봉분에 흙이 마르기도 전이다. 그러나 모두는 그들의 명복이 아니라, 선무린의 칼사냥에 의해 무당의 보물이 빼앗길까를 염려하고 있었다.

단순한 위신의 문제가 아니다. 백련을 빼앗긴다는 건 시천 월교의 몰락 이후 제대로 세력을 재건하지 못한 무당파에게 그대로 죽음을 선고하는 일이나 다름없기 때문이다.

　그렇게 된다면 선조들을 볼 면목조차 없다. 그렇기에 장로들은 모두가 죽는 한이 있더라도 선무린을 막아 세울 방도를 강구하고 있었다.

　하지만 불가능하다. 그는 이미 초인의 영역에 다다른 자, 장로들은 닿지 못했던 거대한 하늘 위의 하늘을 보고 있는 자였다.

　"도저히 불가능하다면……."

　월연 장로는 음습한 목소리를 뱉었다.

　"백련을 파괴해야 하오."

　"무슨……!"

　그것에 고연 장로는 소리를 쳤다. 그가 꺼낸 말이 대체 무슨 의미를 지니고 있는지 알기나 하냐는 표정을 짓고 있었다.

　"그럼 그자의 손에 검을 넘겨주자는 말인가?"

　"백로검의 유품입니다!"

　"그가… 무당파를 다시 부흥시킬 수는 없지."

　백련을 빼앗겼다는 사실이 퍼져 나간다면 무당파는 끝이다. 그대로 몰락해 청성파나 다른 구대문파와 같이 역사 속으로 스러져 가리라.

　월연 장로는 으드득 이를 악물었다. 스스로가 비참해져 왔지만, 그는 그 나름대로 문파를 지키려 하고 있었던 것이다.

"옵니다!"

제자 한 명의 고함.

그리고 모두가 숨을 죽였다.

서서히 산등성이에서 모습을 드러내는 선무린에게 그 아무도 말을 걸 수 없었다.

공기가 흔들린다.

그가 가진 압도적인 기도에 대기마저 억압되고 있는 것이다.

"날이 밝았다."

선무린의 입가에 히죽 미소가 내걸렸다. 그는 움직이지 않은 채 굳게 해검지 앞을 지켰다. 그리고 정확히 보름 뒤 이곳으로 향했다.

"도망치는 작자들도 많았는데, 과연 무당파라고 칭찬해 주지."

검렵 선무린은 칼을 사냥하는 자다. 그에게 보검을 넘겨주기 싫어 들고 도망가는 자, 혹은 거금을 준비해 그에게 엎드려 비는 이들도 있었다.

하지만 모조리 의미 없는 일이었다. 선무린이 노리는 것은 그저 그가 목표한 검 한 자루였기 때문이다.

"자, 그럼……."

장로들의 눈이 뒤쪽으로 향했다. 월연 장로가 비틀거리며 자리에서 일어났기 때문이다.

"왜 백련을 노리는 것이지?"

그의 목소리에는 짙은 노기가 배어 있었다.

선무린의 입가에 이윽고 미소가 감돈다. 그는 빙긋 웃으며 고개를 까닥 기울였다.

"아까워서."

모든 장로들은 숨을 죽였다. 그가 한 말이 무슨 뜻인지 다들 이해했기 때문이다.

"백연검로를 가졌던 백로검이 죽고, 남은 건 찌꺼기에 불과한 무당파에 그만한 가치가 있나?"

"놈……!"

월연 장로는 얼굴을 붉히며 고함을 내질렀다. 그러나 곧 그는 큭 하는 신음과 함께 몸을 숙였고, 쿨럭이며 피를 뱉어냈다.

"감히 무당파를 능멸하느냐!"

"지랄."

선무린은 픽 웃으며 어깨를 으쓱였다.

"한 수도 받아내지 못하는 병신에게 들을 말이 아니다. 자, 약속대로 보름이 지났다."

그는 주변을 느긋하게 둘러보았다. 모두가 겁에 질린 표정으로 그를 응시할 뿐이다.

"백연검로는 어디 있지?"

보통이라면 진작 막아서는 이들을 죽이고 앞으로 향했겠지만, 선무린은 백연검로에 적잖은 흥미가 있었다. 절정 이상의 경지에 든 그에게 있어 도전할 만한 무공의 존재는 큰 유혹이었기 때문이다.

고연 장로는 입을 꾹 다물었다. 아직 소하와 청아의 모습이 보이지 않았던 탓이다.

'도망친 건가?'

그럴 가능성도 있다. 사흘이 넘도록 그들은 영운당에서 나오지 않았다. 아니, 오히려 그들이 도망친 것이라 더 빨리 판단했어야만 했다. 모두가 선무린의 공포에 짓눌린 나머지 제대로 된 생각을 못 한 것뿐이다.

그것에 고연 장로는 으득 이를 악물었다.

"백연검로만이……!"

그는 앞으로 나서며 자신의 검을 빼어 들었다. 온몸에서는 은은한 기운이 솟구치고 있었다.

"무당의 전부는 아니다!"

선무린의 심드렁한 눈이 그에게로 향했다.

"태극검(太極劍)? 고리짝 같은 유물이로군."

선무린은 검을 뽑을 가치도 없다는 듯 그를 비웃을 뿐이었다. 실제로 고연 장로는 칼을 붙잡은 채로 마치 두 다리가 늪속으로 잠겨드는 것만 같았다.

그의 기운에 압도된 탓이다.

"태극혜검(太極慧劍)이라도 가져오지 않는 이상, 나서지 마라."

태극혜검이란 백연검로와 함께 무당의 두 비전으로 알려져 있는 절정의 검공이었다.

그러나 그 역시 엄중한 조건과 봉인으로 묶여 있는 만큼, 이곳에 태극혜검을 익힌 이는 아무도 없었다.

"없다면 내가 그쪽으로 가야겠어."

"영운당은 무당의 영지(靈地)! 외인이 침입할 수 없다!"

고연 장로의 고함과 동시에 장로들 세 명이 검을 뽑아 들었다.

"한 열쯤 죽으면 생각이 바뀌겠지."

느물거린 선무린은 이윽고 천천히 허리로 손을 옮겼다.

"이번엔 봐주지 않는다."

그 순간 그곳에 서 있던 모두는 온몸이 썰려 나가는 듯한 느낌을 받았다.

"으, 흐아아악!"

한 명이 비명을 지르며 엎어진다. 선무린의 살기가 너무나도 진득해, 온몸을 칼날처럼 베어버린 것이다.

고연 장로는 자신이 곧 죽을 것이란 사실을 깨달았다.

'너무나도 강하다.'

그가 어릴 적부터 봐왔던 절정의 영역이 바로 눈앞에 있었다.

고연 장로는 팔이 덜덜 떨리는 것을 느꼈다. 자신의 검이 마치 나뭇가지처럼 느껴질 정도였다.

포기하는 게 옳을지도 모른다.

백련을 넘겨준다면 여기 있는 모두가 산다. 살아 있기만 한다면 언젠가 무당파를 다시 재건할 날이 올 것이다. 재능 있는 자가 태어나 태극혜검이나 백연검로를 계승할 수도 있을 것이다.

거기까지 생각이 이른 순간.

고연 장로는 눈을 들어 올렸다.

"모든 무당검수는 검을 들어라!"

그의 입에서 고함이 터져 나오자 챙 하고 쇳소리가 뒤이었다.

무당의 제자들 모두가 허리춤의 검을 뽑아 들고 있었다.

"나는 분명 권했다."

선무린은 히죽 웃었다.

"너희가 거절한 것이다."

살육이 시작되려 하고 있었다.

그러나.

"이야기가 다르지 않나요?"

그와 동시에 모두의 눈이 뒤로 향했다.

풀숲을 헤치고 나오는 소하의 모습. 옷은 흙투성이가 되고 찢어져 상당히 해진 상태였다.

"꽤나 늦었군."

기운이 사그라든다.

그에 무당검수들이 주저앉았다. 고연 장로 역시 후들거리는 다리를 겨우 제어했다.

선무린의 기운이 사라진 것만으로 이 정도다. 그가 검을 휘둘렀다면, 아마도 몰살을 피할 수 없었으리라.

소하와 청아는 조용히 앞으로 걸어 나오며 그를 바라보고 있었다.

"이제 좀 재미있어지겠어."

그는 천천히 허리춤의 칼자루를 붙잡았다.

"저번에는 봐줬으니 오늘은 처음부터 진지하게 가도록 하겠다, 꼬마."

"소하예요."

대답하는 말에 선무린은 쿡쿡 웃음을 흘렸다.

"그래. 네 이름이 뭐든, 중요한 건 다른 것이지."

소하와 청아 역시 동시에 칼을 빼어 들었다. 그들의 검이 반짝이는 빛을 내자, 주변의 무당검수들이 물러서기 시작했다.

무당파의 중심은 탁 트인 연무장으로 평소 제자들이 아침이면 모여 연무를 시작하는 곳이기도 했다.

청아와 소하를 바라보며 선무린은 자신의 검을 뽑았다.

독특한 검이다. 검으로 보이지만, 기이하게 살짝 휘어지며 도첨으로 보이는 끝부분이 눈에 띄었다.

"철화(鐵花)."

뒤쪽에서 철무의 목소리가 들렸다. 어디서 구해왔는지 벌써
부터 얼큰하게 취한 상태였다.

"좋은 칼이지!"

"십사병 중 하나라는 검인가."

고연 장로는 멍하니 그렇게 중얼거렸다. 백련만 해도 무당
파 제일의 명검이라 불릴 정도다. 천하명장이라는 연필백이
만든 무기들은 다른 무기와 비교할 수 없는 힘을 지닌다고 했
었다. 선무린의 검도 그와 같은 것인가?

"이 칼이 가장……."

쑤아아악!

소하의 눈이 빛났다.

"피해!"

청아 역시 반응했다. 그녀의 온몸에서 무상기가 솟구쳐 오
르며, 단숨에 두 명은 허공으로 사라졌다.

그리고 휘둘러진 검은 대기를 양단했다.

"잘 들거든."

콰아아아아아아!

검풍은 회오리가 되어 몰아친다. 놀라 고개를 숙였던 무당
파의 제자 한 명은, 순간 서늘한 느낌에 놀라 위를 올려다보았
다.

"거, 건물이……!"

잘렸다.

그가 검을 휘두른 순간 무당파의 전각 하나가 횡으로 잘리며 위쪽이 내려앉기 시작했다.

꽈과과광!

붕괴한다.

건물이 사람의 손에 잘려 나가는 모습. 분명 이제까지 무공을 익힌 자라 해도 쉽사리 상상하기 어려운 광경이었다.

그러나 선무린은 아무렇지도 않다는 듯 철화를 들어 어깨에 걸쳤다.

"노닥거릴 마음은 없다."

그는 양쪽으로 갈라진 소하와 청아를 바라보며 실쭉 웃었다.

"자, 즐겁게 해봐라. 꼬마들."

*   *   *

"헉, 헉……!"

천웅(阡雄)은 앞으로 뛰고 있었다.

무당파에서 그럭저럭 자리를 유지하던 그는 뒤쪽에서 들리는 굉음에 몸을 부르르 떨었다. 자신의 상상보다 더 엄청난 선무린의 무공 때문이다.

"어, 어디 있소!"

그는 아무도 없는 대나무 숲에 도착하자마자 목소리를 높였다. 시야가 모두 선무린에게 집중된 지금, 자신의 일을 끝마치기 위해서였다.

사사사사!

그리고 바람 소리와 함께 그 안에서 조용히 한 남자의 모습이 드러났다.

"시작되었군."

"진, 진법을 뚫으려면 지, 지금밖에 기회가 없소! 어서 이쪽으로……!"

"네가 가져와라."

그 목소리에 천웅은 눈을 부릅떴다.

"무슨……! 내가 거기까지 관여할 필요는……!"

그러자 천천히 한 걸음을 옮기는 남자의 모습.

마르고 키가 작지만 두 눈에서는 날카로운 안광이 흐르고 있었다.

"멍청한 놈."

그는 인상을 찡그렸다.

가사를 입은 남자는 가볍게 목의 염주를 딸각 하고 두드리며 중얼거렸다.

"꼬리를 잡히다니."

그것에 천웅은 다급히 눈을 돌렸다.

누군가 자신을 따라오고 있다는 사실을 아예 인지조차 못한 것이다.

"역시."

그리고 뒤쪽에서 풀숲이 흔들렸다.

운요는 앞으로 걸어 나오며 자신의 허리춤에 손을 얹었다.

"여기서 기다리고 있었던 거로군, 서장 놈."

서장의 무인.

축생도(畜生道)는 인상을 찌푸렸다.

순조롭게 무당에 잠입했다 싶더니만 이런 식으로 자신의 존재를 들키게 될 줄이야!

"움직여라."

천웅은 그것에 소름이 끼치는 것을 느꼈다.

자신이 돈 때문에 서장의 무인과 결탁했다는 것이 들킨다면 파문으로 끝날 일이 아니다. 사지의 힘줄을 잘리고 무당의 무공을 모조리 쓰지 못하게 될 것이다.

하지만 이미 사건은 일어난 뒤다.

천웅은 히이익 소리를 내며 옆으로 달리기 시작했다.

운요가 옆을 슬쩍 바라보는 순간, 키잉 소리가 일었다.

파악!

그가 피하는 순간 나무에 처박히는 무언가.

운요는 그것이 가느다란 바늘임을 보고는 혀를 찼다.

"암기(暗器)인가."

"정확히는 무령자(無翎刺)라고 하지."

축생도는 운요가 자신의 초격을 피해낸 것에 경계심을 곤두세웠다. 어지간한 이들이라 해도 제대로 알아채지 못한 채 당하는 게 당연한 기습이었기 때문이다.

그것에 운요는 검을 빼어 들며 고개를 끄덕였다.

"너희들이 노리는 건… 아마도 천하오절의 유산이겠군?"

"네게 알려줄 의무는 없다."

축생도가 온몸에서 비취빛 강기를 끌어 올리는 것에 운요 역시 청량선공을 극도로 개방했다. 그리고 그는 문득 뒤쪽에서 느껴지는 강렬한 힘을 느끼고는 살짝 중얼거렸다.

"지지 마라, 소하."

그는 후우 하고 숨을 내뱉으며 칼을 옆으로 치켜들었다.

"나도 그럴 테니."

"건방진……!"

척 봐도 어려 보이는 운요의 모습에 축생도는 분노를 표하며 양손을 옆으로 펼쳤다.

촤라라락!

펼쳐지는 암기들.

그의 손가락 사이사이에 끼워진 얇은 바늘들을 본 운요는 조용히 청량선공의 기운을 예리하게 피워 올리기 시작했다.

암기를 상대하는 데는 상당한 집중력이 따른다.

아차 하는 순간 죽을 수도 있을뿐더러 공격 방식이 이제까지 상대했던 자들과는 궤를 달리하기 때문이다.

"도망치지 않은 것을 후회하게 만들어주마."

천웅은 이미 도망쳤다.

운요는 그가 사라진 쪽을 흘깃 바라본 뒤, 이윽고 검을 들어 올리기 시작했다. 허공에 흰 궤적이 엉기며 서서히 은은한 문양을 그려 나가고 있었다.

파아앗!

축생도는 순간 빛이 눈앞에 어리는 것을 보았다.

"큭!"

고개를 숙인다.

그 순간 퍼엉 하고 뒤쪽의 나무에 구멍이 뚫렸다. 운요의 경력이 외부에까지 뻗어나간 탓이다.

'빠르다!'

운요의 온몸에서 격렬한 기운이 일어난다.

처음부터 비홍청운을 사용한 것이다. 그의 온몸에 바람이 맴돌며 순식간에 대기가 운요의 주위로 엉겨들기 시작했다.

풋!

축생도의 팔이 번개처럼 휘둘러지며 무령자가 던져지는 순간 보이지도 않을 속도로 쏘아져 나갔다.

그러나 검은 마치 뱀처럼 꺾어진다.

축생도는 전력으로 몸을 던졌다. 비홍청운의 궤적이 너무 넓어, 몇 장이나 멀리 있었음에도 자신이 베일 것이라는 예감이 급습했던 것이다.

'귀찮군!'

그는 동시에 소맷자락을 허공에 휘저었다.

카라라락!

동시에 기이한 삼각형이 운요에게로 던져졌다. 운요에게 다가가는 순간 전개되는 칼날들이 카락 소리를 내며 펼쳐지고 있었다.

그러나 그것도 넘겨진다.

비홍청운은 마치 거대한 날개를 편 새처럼 어마어마한 거리를 보이며 다가서는 모든 것을 흘려버리고 있었다.

'휘어지는 듯 보이지만 분명 직선으로 날아들고 있다.'

축생도의 눈가가 찌푸려졌다. 운요의 검이 상당히 숙련되어 있다는 사실을 인정한 것이다. 그리고 그 생각을 하는 순간, 운요는 이미 숲을 헤치며 그의 앞까지 다가와 있었다.

따다다닥!

운요의 두 눈에 이채가 맴돌았다. 검을 휘두른 순간, 허공에서 나타난 둔탁하게 생긴 돌덩이들이 자신을 막아 섰기 때문이다.

그리고 그 안에서 새어 나오는 연기.

운요는 동시에 뒤로 물러서며 청량선공을 끌어 올린 채 검을 옆으로 휘둘렀다.

"훗!"

그와 함께 검풍이 휘몰아치며 연기가 모조리 걷혀 나간다. 독연(毒煙)일 가능성이 있기에 소매로 입을 막은 운요는 비척거리는 축생도에게서 떨어지며 조용히 눈을 들어 올렸다.

"이제 좀 마음이 바뀌었나?"

축생도의 눈이 바뀌었다. 빠르게 운요를 처리하고 움직이려는 마음이었지만, 그가 만만치 않다는 것을 눈치챘기 때문이다.

"기회를 걷어차는군."

그의 소맷자락 속에서 무언가가 모습을 드러냈다.

뱀과도 같은 모습의 길쭉한 채찍 하나가 늘어지며 천천히 땅으로 향하고 있었다.

"이제 편하게 죽을 수는 없을 게다."

운요는 후우 하고 숨을 내뱉었다.

'말은 그렇게 했지만 제법 하는 자로군.'

근거리에서 암기를 사용해 운요의 비홍청운을 모조리 쳐냈다. 그만한 기량이 있기에 가능한 일이었다.

운요는 칼자루를 움켜쥐었다. 그렇기에 더욱더 이 서장의 무인에게 시험해 보고 싶은 것이 있었다.

"이쪽도 말할 게 있었지."

그와 동시에.

운요의 온몸에서 기운이 치솟았다.

"음……?"

지금까지와는 다르다.

축생도 역시 그것을 느꼈다.

청량선공의 기운이 서서히 적색(赤色)을 띠고 있었다. 마치 주변을 휘감는 불꽃처럼 말이다.

축생도는 거대한 기운이 허공을 메우는 것을 보았다.

"놈……!"

그는 자신의 무기, 성아편(晟蛾鞭)을 쥐며 이를 드러냈다.

운요는 검을 비스듬히 내린 채, 조용히 중얼거렸다.

"종식(終式)까지는 견뎌주면 좋겠어."

*   *   *

카사아아앗!

공기가 베어지는 소리가 세차다.

소하는 고개를 옆으로 기울이며, 눈앞에서 휘둘러지는 검을 바라보았다. 철화라고 이름 붙여진 검은 정말로 무시무시한 속도로 소하에게 쏘아지고 있었다.

다른 이들은 멍한 표정만을 짓고 있을 뿐이다.

당연한 일이다. 그들에게는 소하와 선무린의 공격이 보이지 않기 때문이었다.

귀가 멀 것만 같다. 소하는 으득 이를 악물며 굉명을 휘둘렀다.

꽈라라라라!

굉명에서 울려 퍼지는 소리와 동시에, 철화가 부딪치며 사방으로 굉음을 뿜어냈다.

'밀린다.'

소하는 뒤로 밀려나는 자신을 느끼자, 힘차게 천양진기를 끌어 올리며 땅을 내리밟았지만 여전히 그의 몸이 뒤로 주르륵 땅에 자국을 남기며 밀리는 모습이었다.

"제법!"

선무린은 히죽 웃으며 철화를 들어 올렸다. 그러자 소하의 몸은 그와 붙은 채로 마구 요동치기 시작했다.

그 광경을 본 청아는 높이 고함쳤다.

"거기서 물러서!"

그녀의 손에서 주연로가 펼쳐져 나간다. 선무린은 그 방해에 슬쩍 몸을 옆으로 기울였고, 소하는 그것에 다행히 굉명을 철화에게서 떼어낼 수 있었다.

퍼어엉!

허공에 폭발이 인다.

"계집이 더 영리하군."

철화가 휘둘러지자 청아는 온힘을 다해 칼을 들어 올렸다.

쩌어엉!

그녀의 몸이 튕겨 나가며 땅바닥을 나뒹군다.

"조금만 늦었어도 넌 피범벅이 됐을 거다."

소하도 알 수 있었다.

내공에 의한 전도(傳導).

철화에 응축된 내공의 열기가 하마터면 굉명을 타고 소하의 온몸을 안쪽에서부터 익혀 버릴 뻔했던 것이다.

내공을 사용한 공격, 소하는 상상도 하지 못했던 방식이다. 오로지 내공을 육체 강화에만 쏟아부었던 그에게 있어 선무린의 공격은 새로운 경지나 다름없었던 것이다.

선무린은 청아가 비틀대며 일어서는 것을 보고는 미소 지었다.

"꽤나 단단한 장난감이군."

청아는 이를 갈았다. 맞은 순간, 무상기로 몸을 보호했음에도 구토가 나올 것만 같았다. 내장이 상했을지도 모르는 일이다.

'말도 안 되는 힘이다.'

상식을 초월한다. 아니, 억울하다는 기분까지 들 정도였다.

인간이 저런 힘을 가질 수 있는가?

그들이 피했던 참격은 건물에 크나큰 상처를 입혔으며, 심지어 전각 하나는 참격에 베어나가 붕괴했다.

더군다나 지금 선무린은 제힘조차 보이지 않고 있다. 자신의 일격을 소하와 청아가 피한다는 것에 기뻐하는 어린애처럼, 이것도 막을 수 있냐며 시험해 보고 있는 것이다.

무인으로서 굴욕이다.

소하 역시 그를 알고 있었다.

"흠. 굉천도법과 백연검로라 해서 조금 기대했는데 영 기대에 못 미치는군."

그는 툭툭 검병으로 머리를 두들겼다.

"천하오절의 무공도 별게 아닌 건가? 아니면……."

선무린의 눈이 소하에게로 향했다.

"꼭꼭 아껴두고 있는 건가?"

그것에 청아의 눈이 일그러졌다.

눈치챘다.

그와 동시에 소하는 후우 하고 숨을 내뱉었다.

"어지간하면 더 보고 싶었는데."

"나에게서?"

선무린은 하하, 하고 짧게 웃음을 흘렸다.

"정말 재밌는 꼬맹이로군. 이 내게 그런 태도를 취한 놈은 정말 드물다. 거의 살아 있지도 못했고."

소하는 답하지 않았다. 그리고 대답 대신이라는 듯, 허리에 찬 검을 뽑아 들었을 뿐이다.

그것을 지켜보던 철무의 눈이 순간 슬쩍 가늘어졌다.

"…호오."

그의 목소리는 기쁨으로 차 있었다.

우검좌도(右劍左刀).

양손에 무기를 든 소하는 조용히 숨을 고르며 선무린을 바라보았다.

이제 알 수 있었다.

이 기묘한 기분.

수라도와 싸웠을 때부터 자신의 내면에 계속 그려지던 파문의 정체를 이제야 느낄 수 있었다.

이제까지 소하는 자신의 '한계'를 알지 못했다.

상대해 왔던 것은 오로지 네 명의 노인들뿐이었기에, 자신의 상황을 명확히 재지 못한 탓이다.

그러나.

'더 나아갈 수 있어.'

콰아아아아아앗!

순간 소하의 온몸에서 노란 기운이 치솟았다. 청아에게까지 전해지는 열기.

주변의 무당검수들은 경이로운 눈으로 그 광경을 바라보고 있었다.

선무린의 입이 열렸다.

"이것 봐라."

천양진기 팔식(八式).

소하는 숨이 멎는 것만 같았다. 내장 기관이 모조리 정지하고, 머리칼이 거꾸로 솟는 느낌이다.

하지만.

양손에 든 검을 아래로 내리며 소하는 씩 웃었다.

"이제 제대로 가죠."

밟는다.

지반이 솟구쳐 오르는 모습에 무당검수 한 명은 당황해 뒤로 물러서다 엉덩방아를 찧었다.

마치 폭발이 일어난 것 같다. 소하가 땅을 내리밟은 순간 토사가 해일처럼 치솟고 있었다.

소리는 그 다음이다.

콰아아아앙!

벽력(霹靂)이 터지는 듯한 소리와 함께 소하는 어느새 선무린의 앞까지 도달해 있었다.

열 개로 갈라지는 잔상.

"흣!"

선무린의 손이 펼쳐지며 칼날이 소나기처럼 소하의 온몸을 잘랐다. 하지만 잔상은 모조리 노란 기운으로 변하며 사라져 버릴 뿐이었다.

허공에서 바람이 찢어지는 소리가 들렸다.

굉명.

소하는 굉명을 든 왼손을 그대로 내려치는 것과 동시에, 하늘로 치솟아 올랐다.

꽈르르릉!

번개가 치는 것 같다. 소하의 일격을 막아낸 선무린은 일순간 몸이 덜컥 흔들리는 것을 느꼈다. 충격이 너무나도 강해 내공으로 충격을 최소화했음에도 견디기 어려웠던 것이다.

그의 입에서 웃음이 터져 나왔다.

"카핫!"

그와 동시에 선무린의 몸에서 기운이 일어났다. 그 역시 내공을 제대로 개방하기 시작한 것이다.

"네놈……! 초인(超人)의 영역에 달했구나!"

천양진기 팔식에 다가서자 소하는 그야말로 어마어마한 힘을 뿜어내는 태양과도 같아져 있었다.

콰아앙!

도와 검이 부딪친 순간 불똥이 튄다.

소하의 굉명 역시 천하명장이 만든 십사병의 하나. 두 무구가 충돌하는 순간 충격파가 사방으로 번져 나가며 지반을 뒤흔들고 있었다.

"따, 땅울림이……!"

장로 하나가 당황해 소리를 토해냈다.

월연 장로는 눈살을 가득 찌푸린 채 그 광경을 보고 있을 뿐이었다. 그 역시 그러한 싸움을 오래전 본 적이 있었기 때문이다.

"현암……."

자신에게 있어 절대 넘을 수 없는 벽이었던 남자.

그가 보여줬던 힘과도 같다.

그런 월연 장로의 착잡함을 뒤로 하고, 소하와 선무린은 서로의 공격을 주고받으며 사방으로 여파를 내뿜고 있었다.

파악! 파악! 파악!

땅에 새겨지는 참격들.

서로가 필살의 공격을 내뿜고 있었기에, 허공에 스쳐 지나간 참격마저도 그 정도의 위력을 지니는 것이다.

굉천도법의 패력이 허공을 두들기면 선무린은 그것을 마주받아치며 소하에게로 돌진한다.

마치 성난 소 같았다. 소하는 그것에 오른손을 꾹 쥐었다.

공기가 베어지는 소리.

백연검로가 펼쳐지며, 동시에 선무린의 이마를 찍으려 한 것이다.

그의 허리가 활처럼 휘며 동시에 땅으로 무릎을 꿇었다. 유연하게 경신을 펼쳐 소하의 공격을 피해낸 것이다.

선무린의 칼이 위로 치솟아 올랐다.

"하, 하!"

그는 이럴 줄 몰랐다는 듯 한쪽 입꼬리를 치켜 올리며 고개를 뒤흔들고 있었다.

"놀랍군!"

그의 발이 휘둘러진다. 내공이 실린 발은 칼이라고 해도 쉽사리 막아내기 어려운 것이었다.

소하가 뛰어 물러서자 선무린은 산발이 된 머리를 흔들어 풀고는 웃음기 어린 얼굴로 중얼거렸다.

"동시에 사용할 수 있다는 건가?"

공격이 매서워졌다.

선무린 역시 깨닫고 있었다.

소하가 굉천도법이나 백연검로 중 하나만을 사용할 때와는 천지 차이라고 말할 수 있을 정도로 강해졌다는 사실을 말이다.

소하는 가쁘게 숨을 내뱉었다.

"역시 그랬구나."

그는 헐떡이면서도 형언할 수 없는 기쁨에 몸이 덜덜 떨리는 것만 같았다.

두 무공을 동시에 사용할 수 있었다.

그것도 마치 맞춰져 있는 것처럼 소하의 의지대로 두 무공이 흐른다.

지금은 시작에 불과하지만 소하는 그것만으로도 큰 발전이란 것을 알았다. 계속해서 적을 깔아뭉개는 굉천도법과, 그 틈을 파고들어 적을 정확히 요격할 수 있는 백연검로.

그야말로 어마어마한 힘이라 할 수 있었다.

"천하오절의 무공을 두 개나 가진 놈이 있다는 것도 기사(奇事)인데……."

선무린은 옆으로 퉤 하고 침을 뱉었다. 그 안에는 붉은 피가 고여 있었다.

"내게 이 정도 상처를 줄 수 있는 놈이라니."

그러나 그 얼굴에 아픔은 없다.

그는 웃고 있었다.

"즐겁군!"

동시에 그의 몸이 앞으로 도약했다.

"네게는 말해주지!"

철화가 맹렬한 속도를 내며 휘둘러졌다.

"광연수량검(洸衍獸輬劍)."

파앗!

빛줄기가 뻗는다.

"그게 내 무공이다."

소하는 알지 못하는 이름이다.

그러나 그것에 고연 장로는 신음성을 냈다.

"파천마황(破天魔皇)의 독문무공······. 마종(魔宗)의 검인가!"

"하!"

그와 동시에 선무린은 몸을 뒤틀었다.

"윽······!"

소하의 인상이 찡그려지는 것과 동시에, 그는 양손에 든 검과 도를 동시에 휘둘렀다.

콰라라라라라!

선무린이 휘두른 검은 마치 살아 있는 양, 사방으로 검풍을 쏘아내기 시작했다. 그 검풍은 마치 주변에 있는 이들을 모조리 도륙하겠다는 듯, 마구잡이로 뻗어나가고 있었다.

광명이 두 갈래의 검풍을 찢는다. 그러고는 가운악의 검으로 하나의 검풍을 내려쳐 부순 소하는, 이윽고 한 줄기의 내공이 고연 장로가 있는 곳으로 쏟아지는 것을 보았다.

'늦는다!'

소하가 그것을 직감한 순간, 고연 장로의 얼굴이 새하얗게 물들었다.

콰아아앗!

그러나 그 사이에 끼어든 청아가 검풍을 흩어버린다.

그녀는 검을 휘두른 자세 그대로 휘청거리며 온몸에서 무상기를 내뿜고 있었다. 미리 감지해서 뛰어들었다고는 해도, 선무린의 내공은 자신이 견디기에 너무나도 괴로운 힘이었기 때문이다.

"마종이라……."

선무린은 고개를 까닥 기울였다. 소하와 청아는 팔이 저려 오는 것에 인상을 찌푸리며 한 걸음을 물러서고 있었다.

"내 스승은 어리석은 작자라서 말이지, 무공 이외에는 아무 흥미도 없었어."

선무린은 슬쩍 손목을 튕겨 검을 휘저으며 중얼거렸다.

"평생을 바쳐 강한 무공을 만들었고, 그것을 시험해 보았지. 다만… 지나치게 강했을 뿐이야."

선무린의 스승은 수백의 무인에게서 승리를 거머쥐었다.

그러나 무림의 인물들은 그러한 일을 두고 보지 않았다.

"내 스승은 강제적으로 마두가 되었고, 그가 만든 검은 악독한 사마외도의 검공이 되었지."

선무린의 몸에서 스멀스멀 살기가 배어나오기 시작했다. 그 순간, 청아는 마치 피부가 벗겨지는 것만 같은 아픔에 몸을 움츠릴 수밖에 없었다.

그는 이미 기운을 내뿜는 것만으로도 주변인들을 위압할 수 있었던 것이다.

"나는 그 작자와는 달라서 제멋대로 사는 게 좋아 별 상관은 않지만……."

선무린의 차디찬 눈.

소하는 문득, 계속해서 이죽거리는 이 남자의 진짜 속내가 실은 누구보다도 차분히 가라앉아 있는 것이 아닌가 하는 생각이 들었다.

"명문정파의 검공과 내 검이 다른 게 뭐지? 네놈들이 가진 건 위선을 뱉어내는 그 주둥아리밖에 없지 않나?"

아무도 대답할 수 없었다.

그의 기운에 위압된 데다, 흘러나오는 목소리 안에서 조용히 이글거리는 분노를 느꼈기 때문이다.

"어디, 대답해 봐라. 꼬마."

그는 피식 웃었다.

"그 잘난 천하오절의 무공을 가진 네놈이 말이다."

선무린의 온몸에서 기운이 끓어오른다. 마치 그것은 아지랑

이처럼, 전신을 두르며 서서히 대기를 달구고 있었다. 소하와 같은 극양기의 무공인 탓이다.

"단⋯⋯."

그의 눈이 야수처럼 소하를 향했다.

몸을 낮추는 것과 동시에 뒤로 향하는 검.

선무린은 소하를 향해 허리를 구부리며, 동시에 땅을 박찼다.

"무공으로!"

소하는 마치 거대한 늑대가 아가리를 벌리고 돌진해 오는 것만 같았다.

광연수량검의 아랑(餓狼).

적이 베이고 있는 것을 눈치채기도 어려울 정도로 빠르게 난자(亂刺)하는 초식이었다.

소하의 양손에서 두 개의 초식이 뻗어져 나갔다. 굉천도법의 천장우와 백연검로의 주연로. 두 초식이 서로 어우러짐과 동시에 선무린과 격돌했지만, 소하는 두 팔이 그대로 바스러져 버릴 듯한 고통을 느껴야만 했다.

"크윽⋯⋯!"

그의 신음에 선무린은 이를 드러내며 말을 이었다.

치열한 공방이 오고가고 있었지만, 그는 여전히 분을 참지 못하겠다는 듯 거칠게 외치고 있었다.

"사람을 죽이는 데에 있어, 무엇이 다르단 거냐!"

참격을 막는 순간, 소하의 뒤편에 있는 건물이 우르릉 소리를 내며 무너져 내렸다.

흘러나간 참격의 편린만으로도 이 정도 위력이다. 지켜보던 무당의 장로들은 소하가 어떤 충격을 견디고 있는지에 대해 알았고, 이내 식은땀이 흐를 것만 같았다.

'설마.'

고연 장로의 얼굴이 일그러졌다.

소하는 아까처럼 기민하게 피하지 않는다.

'우리가… 말려들까 봐……?'

거기까지 생각이 이른 순간, 소하의 팔이 크게 위로 치솟았다. 선무린의 칼날이 소하의 검을 올려친 것이다.

까가강!

칼날이 휜다. 소하는 윽 소리를 내며 몸을 비틀었다. 이 정도 검으로는 그의 철화를 받아내기 버거웠던 것이다.

빈틈이 생겼다.

소하 역시도 알 수 있었다. 인간을 초월한 영역에 달한 싸움에선 당연히 이런 사소한 일도 죽음에 이르는 계기가 된다.

소하가 으득 이를 악무는 것에 선무린은 가차 없이 앞으로 검을 내질렀다.

그대로 소하의 가슴을 꿰뚫고 죽여 버리기 위해서였다.

하지만.

카아앙!

꽹음과 동시에 선무린은 자신의 뺨을 스치는 칼날을 느꼈다.

동시에 몸을 풍차처럼 휘둘러 공중으로 떠오른 그는 자신을 추격하는 칼날을 향해 칼을 휘두르고는 뒤로 착지했다.

주르륵 미끄러져 나간 선무린은 자신의 기세를 죽이며 천천히 고개를 들어 올렸다.

뺨에는 길쭉한 혈선이 그어져 있었다.

그러나 신음은 오히려 공격한 쪽에서 일었다.

"으윽……."

청아는 몸을 부르르 떨며 신음을 토해내고 있었다. 다급히 소하의 앞을 가로막으며 공격을 가한 것은 좋지만, 그의 일격을 막아내는 순간 속이 분탕질되는 기분이 들었던 것이다.

"네년… 방해를……!"

"방해가… 아니다."

청아는 후욱 하고 숨을 내뱉으며 핏물이 흘러내리는 입가를 닦았다.

"상대는… 처음부터 두 명이었으니까."

第四章
합일

"헉, 헉……!"

천웅은 달리고 있었다.

나뭇가지가 손목과 발목에 상처를 입힌다 해도, 그는 열심히 그것들을 쳐내며 앞으로 발을 내디뎠다.

서장의 무인과 내통했다는 것을 들킨다면 끔찍한 일이 일어날 것이다. 어떻게든 빨리 그가 원하는 것을 찾아 일을 끝마쳐야만 했다.

'젠장, 어디서 그런 놈이……!'

막대한 돈을 제공한 서장 무인에게, 이제 거의 식량조차 떨어져 가고 있는 무당파 출신인 천웅이 흔들리지 않을 수는 없

었다. 게다가 원래는 바깥에 있는 무가에서 속가제자로 들어
온 그였던지라 더욱 재물에 의한 유혹에 약했던 것이다.

그는 영운당으로 향하는 길로 발을 옮기며 빠르게 고개를
돌렸다. 이 어딘가에 사당이 있다고 들었다. 그렇다면, 그 안
에 바로 그가 찾는 것이 존재할 것이다.

싸늘한 기운.

영운당의 영기를 어렴풋이 들어왔던 그는 으득 이를 악물
며 고개를 돌렸다. 진법이 다시 닫히기 전 소하와 청아가 나
갔던 길을 그대로 따라 들어가는 것으로 어떻게든 이곳에 잠
입은 할 수 있었다. 하지만 문제는 다음부터였다.

'그깐 서적 따위가 뭐 중요하다고……'

어차피 익힐 수 없으면 다 헛것이다.

무당파에 들어왔지만 재능이 없어 상승무공을 익히지 못했
던 천웅은 그 돈을 받아 한 몫을 단단히 챙긴 뒤 무당파를 나
가려 마음먹었던 것이다.

천웅은 곧 보이는 사당을 보고는 그 안으로 향하려 했다.

하지만 그는 곧 멈춰 설 수밖에 없었다.

"뭐지……?"

열려 있다.

그리고 그 안을 본 그는 경악했다.

영운당의 사당은 두 가지의 보물을 보관한다고 한다. 하나
는 바로 백로검의 독문무공인 백연검로이고, 하나는 백로검의

애병인 백련이다.

그러나 안에는 아무것도 없었다.

텅 빈 공간만이 자리하고 있을 뿐이었다.

천웅은 다급히 고개를 돌려보았다.

당황한 표정, 식은땀이 가득 어린 표정을 지었던 그는 이윽고 털썩 주저앉아 버렸다.

잿더미.

"서, 설마……!"

백연검로였던 서적은 하얀 재가 된 채로 사당의 아래에 쌓여 있었다.

천웅은 황망함에 눈을 부릅뜨고는, 이내 바들바들 몸을 떨며 두려운 표정을 지었다.

얼굴에는 가득 허탈감이 어린 채였다.

*　　　*　　　*

소하는 후우 하고 한숨을 내뱉었다.

후두둑 소리를 내며 반쯤 녹아버린 칼날이 검병에서 떨어져 내리고 있었다.

천양진기의 극양기를 견디기에는 도저히 맞지 않았던 것이다.

청아 역시 마찬가지다. 그녀의 검은 선무린의 진심이 담긴 일격을 막은 대가로 형편없이 구겨져 있었다.

잠시 인상을 찌푸리던 선무린은 이윽고 허리를 펴며 몸을 들어 올렸다.

"이제 어쩔 거지?"

하지만 상황은 같다. 아니, 더 나빠졌다고 보는 게 옳을 것이다. 소하의 검은 부러졌고, 청아의 검은 구부러져 버린 터였다.

선무린의 짙은 살기에 청아는 숨을 들이켰다. 두렵지만 그대로 물러서 있어서는 아무것도 되지 않는 일이다.

그 순간 선무린이 다시 도약했다.

콰콰콰콰콰!

공기가 매섭게 얼굴을 때린다.

그녀와 소하는 동시에 옆으로 갈라지며 선무린에게로 덤벼들기 시작했다.

굉명이 날아든다. 그러자 선무린은 검으로 그것을 막아내는 것과 동시에, 청아의 검을 보고는 왼손을 뻗었다.

쩌어엉!

장력. 내공을 실은 손을 휘둘렀을 뿐이지만, 청아는 자신의 몸이 들려 올라가는 것을 느끼며 으득 이를 악물었다.

백연검로가 유려하게 장력을 흘려내며 그대로 돌진했다.

세풍로.

공기를 가르는 검은 그녀의 전력을 실어 그대로 선무린에게 내리찍히고 있었다.

"크으윽……!"

그녀는 그러나 인상을 쓸 수밖에 없었다.

선무린의 몸에서 뻗어져 나오는 기운에 검이 제대로 접근할 수 없었던 것이다.

"호신강기(護身剛氣)를 쓴 건 오랜만이다."

허탈한 웃음을 흘린 선무린은 손으로 그녀의 칼날을 잡으며 그대로 구부리고 있었다.

끼기기긱……!

철이 휘어지는 소리에 소하가 굉명을 휘두르던 기세 그대로 발을 내찼지만, 선무린은 오른 팔꿈치를 꺾는 것으로 그것을 막아버렸다.

선무린의 눈이 번득인다.

살기.

청아는 그러나 그 살기가 어디로 향하는지를 뒤늦게 알 수 있었다.

소하는 자신에게로 향하는 시선을 느꼈다.

"마음이 급했나?"

선무린의 목표는 바로 소하였던 것이다.

히죽 웃음이 이는 것과 동시에 소하의 몸을 향해 다섯 개의 검격이 쏘아져 들어갔다. 굉명으로 쳐내는 것마저도 버거울 정도로 빠른 공격이었다.

천영군림보.

소하의 몸이 갈라지며 공격 두 개를 흘려 버렸다. 동시에 옆쪽의 건물 하나가 굉음을 내며 벽재를 무너뜨렸고, 소하는 그 사이를 틈타 앞으로 전진하고 있었다.

"보법도 제법이군⋯⋯!"

그의 눈가가 일그러졌다.

"그건 천영군림보라도 된다는 거냐!"

소나기 같다.

소하는 허공에서 내리꽂히는 칼날의 비를 보며 그런 느낌이 들었다.

선무린은 공중에서 소하의 굉명을 검풍으로 후려치며 비죽 미소를 짓고 있었다.

"방패를 잃는다면 어떻게 될까?"

콰콰콰콰콰콰!

모래바람이 몰아치며 땅에 깊숙한 칼자국이 생겨나기 시작했다. 다가서 있던 청아마저도 피할 수밖에 없는 광경이었다.

"소하!"

그녀의 외침. 그러나 소하는 땅바닥을 메우는 칼날의 그림자에 가려져 제대로 모습조차 보이지 않았다.

불안하다. 마치, 저 모래먼지가 가시면 피범벅이 된 그의 시신이 보일 것만 같았다.

마치 가운악처럼⋯⋯.

그녀의 눈이 격한 흔들림을 보였다.

선무린은 후아, 하고 숨을 내뱉고 있었다. 아무리 그라고 해도 이토록 내공을 쏟아낸 것은 실로 오랜만이었던 것이다.

"이제야 죽었나."

그는 허탈한 웃음을 흘렸다.

"귀찮은 놈이군."

그것에 청아는 두 눈을 부릅떴다.

그녀의 몸이 뛰쳐나간다. 장로들이 당황해 지르는 목소리에도 청아는 멈추지 않았다.

백연검로가 펼쳐진다.

그러나 선무린은 이미 심드렁한 눈으로 그 하얀 검로를 바라보고 있을 뿐이었다.

"네년에게는 흥미 없다."

카아악!

칼날이 튄다. 그녀의 검으로는 도저히 선무린의 강대한 내공의 벽을 돌파할 수 없었던 것이다.

선무린의 관심이 사라지려 한다.

그것을 느낀 청아는 피가 배어나오도록 입술을 깨물었다.

카앙!

대기가 진동한다.

선무린의 내공은 이미 그의 체외로 빠져나와 대기를 굳히며 보이지 않는 벽을 만든 뒤였다.

카앙!

그녀의 손이 한 번 더 그것을 때리자 선무린은 노골적으로 이마를 찡그렸다.

"추잡하군."

이미 이기지 못한다는 것을 그녀 역시 알고 있다. 그에게 덤벼들어 칼을 휘둘러 봤자 아무것도 이뤄지지 않을 것이 뻔했다.

그냥 죽이자.

선무린이 그러한 판단을 내린 즉시, 그의 손에 쥐어진 철화가 맹렬한 속도로 쏘아져 나갔다.

그러나.

쿠우우웅!

순간 지반이 뒤흔들린다.

몸이 떨리는 것에 선무린은 덜컥 신형을 멈춰 세우며 뒤를 돌아보았다.

땅울림과 함께 먼지 안에서 갑작스레 다시 나타난 기운 때문이었다.

"막을 수 없었을 텐데."

먼지 속에서 드러난 것은 회색 천에 휘감긴 무언가를 붙잡고 있는 소하였다.

길쭉한 그것은 선무린의 공격을 막아낸 흔적이 명백하게 남아 있었다. 천이 찢어지며 천천히 흘러내리기 시작했지만 내부는 아무렇지도 않다.

그의 눈에 이채가 흘렀다.

"그건……."

그의 입가에 웃음이 떠돈다.

"좋군!"

선무린은 양손을 펼치며 소리쳤다.

"어디, 더 보여줄 게 있다면 기대해 보지……!"

청아는 눈을 돌렸다. 아무리 소하가 아직 보여주지 않은 무언가가 있다 해도, 방금 전의 공격은 분명 소하에게 큰 충격을 줬을 것이다.

소하는 답하지 않고 조용히 서 있을 뿐이다.

오른손에 쥐어진 것은 검이다.

천천히 손을 들어 올리는 소하의 모습.

그리고 천이 완전히 떨어져 내리며 칼집의 모습이 드러났다.

순백의 칼집.

이전부터 그것은 보는 사람에게 있어 경외마저 일으키게 하는 아름다움을 지니고 있었다.

"백련……."

모두가 멍하니 그리 중얼거릴 수밖에 없었다.

백로검 현암의 애병.

혼란에 빠졌던 무림을 하나로 뭉치게 만들었기도 한, 전설적인 병기였다.

$$* \qquad * \qquad *$$

비명.

피로 얼룩진 세상은 이제 갓 산에서 내려온 도사가 보기에 너무나도 끔찍한 광경이었다.

두 다리가 떨리고, 팔이 오그라들어 도저히 걸음을 옮길 수 없었다.

칼에 머리를 찍혀 반으로 갈라진 시신, 상체가 잘린 채로 살려달라며 필사적으로 애원하고 있는 사람까지.

그것을 외면하는 자신에게 역겨워지려는 참이었다.

"가야만 하네."

하지만 그중, 굳건한 목소리가 있었다.

달려드는 두 명의 적을 베어버린 뒤, 그는 새하얀 옷에 피를 묻히며 서슴없이 검을 들어 올렸다.

"우리가 멈춘다면, 이후 더 많은 이가 이처럼 죽고 말걸세."

그는 늘 잔잔한 성품을 유지하고 있었다. 아무리 고립된 산 속의 문파라고 해도, 서로 간에 무공을 겨루거나 우열 관계에 대한 열등감이 있을 수밖에 없었지만 그는 늘 허허 웃으며 사람들을 대하고는 했다.

"안… 다."

남자는 으드득 이를 깨물었다.

알고 있었다. 그 역시 대의를 위해 이곳에 참여해 적들을 공격하고 있었지 않았던가.

하지만 그는 난생 처음 겪는 사투(死鬪)에 제대로 앞으로 나서기도 버거울 지경이었다.

칼을 맞으면 저렇게 되는구나.

아프고 눈물이 나며 삶을 갈구하게 되는구나.

그것을 알아버렸는데, 어찌 저리 힘차게 나아갈 수 있는 것인가.

남자는 도리어 앞으로 나선 이에게 묻고 싶었다.

그의 망설임은 곧 여기 참여한 문원 모두의 망설임과 같았다.

나선 이는 이내 칼을 휘둘렀다.

휘카각!

빈틈을 노리고 달려든 자가 비명을 지르며 나가떨어진다. 하마터면 눈치도 채지 못한 채 죽을 뻔했던 문원 한 명은, 그의 구조에 얼떨떨한 표정을 지으며 다급히 칼을 잡아 들고 있었다.

"모든 무당의 검수는 들으라!"

고함.

내공이 가득 실린 고함은, 흡사 사자후(獅子吼)처럼 모두의 귀를 뒤흔들며 정신을 바짝 차리게 만들었다.

수십의 시선 앞에서 그는 당당히 앞으로 검을 겨눴다.

"우리가 무너지면 그만한 피가 흐른다!"

흰 기운이 너울너울 솟구치고 있었다.

낮임에도 불구하고 그 기운을 명확히 알아볼 수 있었다. 몇 명은 홀린 듯 눈으로 그 궤적을 쫓기까지 하고 있었다.

"수련(修練)의 이유는 무엇이냐!"

뻗어나간다.

그와 동시에 한 명의 무인이 괴성을 지르며 돌진해 오고 있었다.

지금 그들이 상대하고 있는 사파(邪派)의 무리 중 가장 강한 자라 일컬어지는 일금요연(佾錦遙衍) 소불위(少弗緯)였다.

소불위의 무공은 단연 대단해, 그를 맞서는 이들이 수십이나 죽어나갔다 하여 이 정사대전(正邪大戰)에서는 모두의 눈엣가시처럼 여겨지고 있던 터였다.

남자는 신음을 토해냈다.

두렵다.

덩치도 자신들보다 머리 하나는 더 큰 데다, 신력(神力)을 가졌다고 하는 저 장사를 이겨낼 수 없다고 생각해 버린 것이다.

그러나 앞으로 나서는 이가 있다.

흰 궤적.

무상기라 이름 붙여진 내공심법이다. 모두가 익히고 싶었지만, 소질이 모자라 익히지 못했던 것.

콰사아아앗!

바람이 온몸을 두들겼다. 두 무인의 일합은, 동시에 사방의 풀숲을 날려 버리며 충격파를 두드릴 정도로 강했다.

소불위는 웃음을 토했다. 이제야 자신에게 덤벼드는 놈이 나왔다며, 죽인 다른 자들처럼 단숨에 으깨 버리겠노라고 으름장을 놓는 모습이었다.

하지만 그 순간 눈앞에 펼쳐진 수십 개의 검로에 소불위는 더이상 말을 이을 수 없었다.

질풍과 함께 베어진 그의 몸이 허공을 날았다.

오른팔이 잘려 나가고, 허벅지가 반쪽이 나는 것과 동시에 왼어깨마저 썩둑 잘려 나갔다.

비명도 지르지 못했다.

소불위의 무참한 죽음에 기세 좋게 덤벼들던 사파의 무인들은 멍한 표정을 지을 수밖에 없었다.

뒤쪽에 있는 문원들도 마찬가지였다.

"전진하라! 의(義)는 우리의 손에 있으니!"

그 외침.

가슴속을 저도 모르게 두근거리게 하는 목소리에, 전 문원들은 속에서 터져 나오는 고함을 그대로 내질렀다.

달려드는 문원들 속에서 남자는 멍하니 서 있었다.

그 역시 가슴이 떨리기는 매한가지였지만, 자신 안에서 진득하게 치솟아 오르는 열등감에 입조차 뗄 수 없었다.

흰 기운을 두른 자는, 모두를 이끌며 찬란한 빛을 내고 있었다.

"현암."

후에 백로검이라 불리게 되는 천하제일의 무인.

영원히, 남자의 마음속에 남아 넘어설 수 없는 벽이기도 했다.

＊　　　＊　　　＊

"현암……."

월연 장로는 꾹 입술을 깨물었다. 백련을 본 순간, 과거의 잔영들이 어지럽게 눈앞을 흘러간 탓이다.

선무린은 흔들거리며 상체를 까닥인 뒤, 이내 고개를 끄덕였다.

"역시, 좋은 칼이군."

그의 입가에 비죽 미소가 흐른다.

"들어라."

무당의 검수들이 바짝 긴장한 표정을 지었다. 이미 승패는 자명하다. 더군다나 선무린이 백련을 가져가게 된다면 무당의 명운도 저문 것이나 마찬가지가 될 것이다.

"제대로 전력을 다해 덤빌 수 있겠지?"

그것을 기대한다는 투다.

하지만 소하는 가볍게 손을 튕겼다.

그와 동시에 뛴다.

또다시 모래바람이 흩날렸다. 천양진기 팔식에 다다르자,

소하는 선무린이 일전 말한 것처럼 거의 초인에 경지에 도달한 터였다.

무인의 눈으로도 잡아내기가 쉽지 않다. 선무린 정도나 되어야 소하의 궤적을 예측할 수 있을 뿐이다.

까아아앙!

굉명과 철화가 부딪치며 불똥이 튀긴다.

모래가 튀어 오르며 바람이 모두의 얼굴을 때렸고, 몇 명은 그 여파를 이기지 못해 뒤로 물러서기도 했다.

"네놈."

그리고 싸늘하게 식은 선무린의 목소리가 소하의 귀에 닿았다.

"무슨 생각이냐."

이전과는 비교할 수 없을 정도로 짙은 살기가 팽배하다.

그러나 소하는 히죽 웃을 뿐이었다.

"이게 가장 좋은 방법이니까!"

그와 동시에 굉천도법이 퍼부어졌다.

정신없이 쏟아지는 도격.

선무린마저도 물러설 수밖에 없는 기세였다.

그 광경을 놀라 바라보던 월연 장로의 눈이 일그러졌다.

"백련은."

"예?"

장로 하나가 옆에서 되묻는 것을 무시한 채, 월연 장로는 소하를 노려보며 고함을 질렀다.

"백련은 어디로 간 거냐!"

소하의 손에 백련은 없었다.

그와 동시에.

흰 궤적이 일었다.

파칵!

선무린은 철화의 칼자루 부분으로 검봉을 막아내며, 이윽고 빠르게 뒷걸음질을 쳐 파상공격(波狀攻擊)에서 벗어났다.

그곳에는 청아가 있었다.

그녀의 손에 들린 흰 칼날의 모습.

백련은 청아의 손에 들려 있었다.

"정말… 괜찮은 거냐."

청아는 아직 확신할 수 없다는 목소리로 소하에게 그리 묻고 있었다.

"응."

소하는 단박에 그리 답하며 선무린에게로 굉명을 겨누었다.

"그게 맞아."

청아에게 백련을 넘겨줬다.

결국, 아무것도 변한 건 없다는 말이다.

선무린의 입가에 허탈한 웃음이 걸렸다.

"그런가."

동시에 그의 발 주변에서 콰직거리는 소리가 일기 시작했다. 감정에 의해 압도적인 내공이 제멋대로 분출되며 용솟음치고 있었던 것이다.

"날 놀리겠다는 것이로군."

그의 두 눈에서 번쩍 불똥이 일었다.

"건방진 꼬마 놈이……!"

땅을 박찬다.

이제 보이지도 않는다.

광연수량검의 호위(虎威).

성난 범이 달려드는 듯한 기운이 찌릿거리며 전신을 두들기고 있었다.

그리고 두 갈래의 빛이 그의 앞을 갈랐다.

쾌가가가가가!

선무린은 눈앞에 날아든 공격을 쳐내려 했다. 그러나 그 순간 굉명이 찢어지는 울음소리를 내며 그의 옆구리를 노렸고, 철화를 휘둘러 굉명을 막아낸 순간 흰 궤적이 눈앞을 향했다.

푸욱!

어깨를 찔렸다. 선무린은 몸을 휘둘러 박혔던 검을 뽑아내게 만들었고, 그 기세 그대로 왼손을 펼쳤다.

쩌르르릉!

장력이 쏟아져 나간다. 하지만 이미 세풍로를 쏘아낸 청아는 그 자리에 없었다.

대신 그 자리엔 굉명이 있었다.

선무린은 다급히 앞을 막을 수밖에 없었다.

콰창!

철과 철이 부딪치는 소리건만, 마치 벽력처럼 머릿속을 파고드는 소음이 되었다.

'이… 놈들……!'

소하와 청아의 연계(連繫)다.

굉천도법과 백연검로.

청아는 휘두른 자세 그대로 헉 하고 숨을 내뱉었다.

'정말이다.'

그녀는 놀란 눈을 소하에게로 향했다. 여전히 소하는 앞을 주시하며, 휘두른 굉명을 회수하고 있을 뿐이었다.

"역시."

소하는 울컥이는 핏물을 옆으로 토해내며 눈을 돌렸다.

"두 무공은……."

"백연검로에 담은 뜻을 알아주었으면 좋겠구나."

현 노인의 목소리가 들리는 듯했다.

소하는 그 따스함에 꾹 참았던 미소를 겨우 지을 수 있었다.

"함께할 수 있었구나."

　　　　*　　　　　*　　　　　*

"요지(要旨)는… 왜 이리 번잡하냐는 것이더냐?"

현 노인이 눈을 동그랗게 뜨면서 묻자, 소하는 질문을 한 자신
이 부끄러워지는 기분이 들어 조심스레 고개를 거북이처럼 집어
넣었다.

백연검로의 수련에 매진할 때였다. 한창 마 노인에게 정신없이
공격을 당한 뒤 기진맥진해 들어온 소하는, 백연검로의 수련법에
대해 의문이 들었던 것이다.

현 노인의 수련법은 주로 명상과 이야기에 중점을 둔다. 그러
나 이런다고 해서 초식의 숙련도가 올라가거나 무공의 경지가 높
아지는 건 아니지 않겠는가?

"모든 것은 마음이 가장 중요한 법이지."

현 노인은 수염을 쓰다듬으며 그리 말할 뿐이었다.

"그럼… 팔로(八路)는 왜 그런 건가요?"

소하가 궁금한 것은 백연검로의 마지막 검로에 대한 일이었다.
그것을 익히는 과정은 이제까지의 백연검로나 다른 무공들과는
조금 방향이 달랐기 때문이다.

"음. 동자에게 무어라고 설명해야 좋을까."

현 노인은 자애로운 웃음을 지으며 고개를 즐겁게 까닥였다.
자신의 제자가 자신이 가르치는 무공에 대해 의문을 가지는 것
은 정말로 기분 좋은 일이다.

"그 의문에 대해서는… 백연검로가 어째서 만들어졌는지에 대해 알아야만 하겠지."

현 노인은 흠 소리를 내며 옆으로 손을 내밀었다. 그러자 그가 깎은 목도가 둥실 떠서는 그의 손에 붙잡혔다. 소하는 절대 할 수 없는 정교한 내공의 사용이었다.

"백연검로는 전승자가 일로(一路)씩을 보태어 만들어진 무공이란다. 일인전승이었는지라 워낙 그 수가 적었고, 또한 한 세대에서 이어지지 못하는 경우도 비일비재했지."

소하 역시 현 노인이 아니었다면 백연검로의 구결을 들었다고 해도 절대 익힐 수 없었을 것이다.

"팔로는 내가 만든 것이란다."

그는 빙긋 웃음을 지었다. 이제까지와는 다른 검로.

소하는 그것에 왠지 그 초식을 익히기 어려웠던 이유를 알 것만도 같았다. 현 노인은 일반적인 무인들과는 다른 분위기를 풍기고 있었기 때문이다.

물론 척 노인이나 마 노인, 구 노인 역시 모두가 각각 다른 느낌을 주지만, 유독 현 노인만은 특이했다.

"수많은 싸움이 있었지."

현 노인의 목소리에는 회한(悔恨)이 서려 있었다. 그가 이제까지 살아왔던, 피와 싸움의 나날들 때문이었다.

"그러나 그 안에서도 배울 것은 있었단다."

그의 목검이 앞으로 세워진다.

"나는 이곳에서 그것을 확신할 수 있었지."

시천마와의 싸움 당시, 현 노인은 백연검로의 마지막을 완성하지 못했다.

처음에는 자신의 역량이 부족하다 생각했고, 선대와 자신이 무엇이 다른지에 대해 필사적으로 찾아 나섰었다. 그러나 그럼에도 자신이 알 수 없는 무언가가 앞을 가로막는 느낌이었고, 그 부족함을 시천마와의 싸움에서 메울 수 있으리라 확신했었다.

"시천마는 싸움을 운명이라 말했다."

현 노인의 분노와 함께 백연검로의 모든 초식이 펼쳐져 나갔다. 그 당시의 싸움은, 아마도 소하가 절대로 이해할 수 없는 것이리라.

"나는 그것을 부정하고 싶었지. 하지만… 결국 나는 졌고, 이곳에 오게 되었다."

씁쓸한 목소리의 현 노인은 아직도 시천마와의 싸움이 눈앞에 아른거리는 듯했다.

"그리고 이제까지는 제대로 대화해 보지 못했던, 천하오절의 다른 이들을 만났지."

처음 그들은 서로가 서로를 믿지 못해 다가서지 않았었다. 현 노인 역시 마 노인이나 척 노인이 가진 성정을 염려해 쉽사리 말을 걸지 않았고, 구 노인만이 헤실거리면서 다른 이들에게 순진하게 말을 걸 뿐이었다.

"말을 걸고, 행동을 함께하자 이들 역시, 나와 같은 고민을 가진, 나와 같은 생각을 가졌던 이들이라는 사실을 알게 되었단다."

모두가 같았다.

마 노인은 자신만의 방식으로 무림을 위했다. 그렇기에 다른 자들이 말려들지 않게끔 홀로 시천마에게 대적했고, 척 노인 역시 자식의 복수를 위해 월교의 인물들을 몰살시키면서 시천마에게 달려들었었다.

그 순간 현 노인은 깨달았다.

팔로가 완성된 것이다.

"그걸로······?"

소하의 물음에 현 노인은 빙긋 웃었다.

그는 더 이상 말하지 않았다.

"이제부터는 동자 스스로가 깨달아야 하는 시간이다."

다만, 손을 뻗어 소하의 머리칼을 다정하게 쓰다듬었을 뿐이다.

"백연검로에 실은 뜻을 알아주었으면 좋겠구나."

*　　　*　　　*

"뭐하는 짓이지?"

선무린의 입에서 으르렁거리는 소리가 흘러나왔다.

"이제야 제대로 붙어볼 수 있겠다고 생각했더니······!"

"백연검로는."

소하의 몸이 한 걸음 앞으로 나섰다.

청아는 아직도 어안이 벙벙하다는 표정으로 손에 쥐어진 백련을 내려다보고 있을 뿐이었다.

"홀로 싸우기 위해 만들어진 무공이 아니었어."

그 말에 월연 장로는 눈살을 찌푸렸다.

그는 소하가 하는 말이 무슨 뜻인지 이해하지 못했다. 이제까지 그가 봐왔던 압도적인 현 노인의 위상(位相)이 도저히 그 말을 용납하지 않았던 것이다.

굉명을 옆으로 뻗은 소하는 천양진기의 기운을 끌어 올리며 눈을 들었다.

"함께하기 위해."

그것에 청아는 칼자루를 움켜쥔 손을 움찔 떨었다. 소하의 뒷모습에, 문득 가운악이 겹쳐 보였던 것이다.

"사람은 함께하기 위해 살아가는 것이 아니겠느냐."

그는 늘 울면서 괴로워하는 청아의 옆에 앉아 있고는 했다. 평소 어리숙해 솜씨 좋은 위로를 하지 못했기에 그녀의 분이 풀릴 때까지 이야기를 들어주고는 했다.

그리고 도리어 그런 가운악의 사람 좋음에 화가 난 청아가 왜 자신을 위해 주냐며 몰아붙이자, 그는 너털웃음을 지으며 그렇게 말했었다.

카앙!

백련의 끄트머리에 광명의 도첨이 부딪친다.

두 명은 서로의 칼을 맞댄 채로, 선무린을 바라보고 있었다.

"그러니 이게 맞죠."

"그 말이 옳다!"

외침.

소하와 청아의 눈이 옆으로 향했다.

그곳에는 여전히 호리병을 단 채 서 있는 철무가 있었다.

손 안에 길쭉한 무언가를 든 그는 기분 좋다는 듯 고개를 주억거리며 실쭉 웃음을 흘렸다.

"그래, 그것이 바로 백로검의 뜻이지!"

갑작스레 끼어든 철무의 모습에 선무린은 인상을 찡그렸다. 어지간하면 그를 죽이고 싶지 않았지만, 이런 상황에 초를 친다면 용서할 수 없는 일이었다.

"끼어든다면……."

"받아라!"

외침.

세 명은 허공을 나는 물건을 보았다.

소하를 향해 쏘아진 것은 단숨에 날아가 부드럽게 소하의 손으로 말려들었다. 내공을 가미해 던졌기 때문이다.

묵직한 기운.

소하는 그것이 검이라는 것을 알아차렸다.

천을 풀었을 때는, 그 안에서 은은한 은빛이 뻗어 나오고 있었다.

"연원(連願), 백로검에게 주고자 했던 검이다."

철무는 클클 소리를 내뱉었다.

"거절당하기는 했지만."

그러나 웃으면서도 그의 눈은 알 수 없는 아련함을 품고 있었다.

"바로 지금을 위해서일지도 모르겠군."

바람은 이어진다.

그 칼이 갖고 있는 것은 바로 그러한 이름이었다.

소하가 멍하니 자신의 손에 쥐어진 검을 바라보는 순간, 목소리가 들렸다.

"허."

선무린은 고개를 까닥였다.

그리고.

"지치는군."

그의 눈이 번득였다. 그리고 사라졌다.

목소리만이 유령처럼 휘몰아칠 뿐이다.

"빨리 죽여 버려야겠어."

소하와 청아 역시 바로 반응했다. 휘둘러지는 철화의 궤적에 굉명이 걸쳐지는 동시에, 허공에서 세풍로가 쏘아져 나간 것이다.

선무린은 내공을 끌어 올리며 백연검로를 막아내려 했다. 이전처럼 호신강기를 사용한 것이다.

그러나 부서진다.

파카앙!

선무린의 눈이 일그러질 수밖에 없었다.

백련을 통해 구현된 백연검로는 어마어마한 속력으로 그의 방어를 뚫고 돌진했던 것이다.

청아는 이제까지 백연검로를 수련하며, 자신의 내공을 온전히 싣지 않는 연습을 해왔다.

이전 소하처럼 무기가 먼저 수명을 다해버리는 일이 계속됐기 때문이다.

그렇기에 힘 조절을 해가면서 최대한 효율적으로 백연검로를 사용해 왔지만, 소하와의 수련 도중 그가 무작정 영운당으로 들어가 백련을 가져온 것에 당황할 수밖에 없었다.

소하는 일단 백련에 익숙해지라고 말했다.

소하가 굉천도법을 사용할 때 굉명을 잡으며 느꼈던 감정, 그것들을 먼저 그녀에게 알려준 것이다.

'내 뜻대로 움직여.'

청아는 몸에 날개가 돋아난 것만 같았다. 뜻대로 검로가 이어진다. 검에 부하가 가지 않고, 오히려 자신을 더욱더 추켜세우는 기분이었다.

"큭……!"

선무린의 고개가 휘돌았다. 목을 노리는 일격을 아슬아슬하게 피해낸 것이다.

그러나 그 순간 검로가 변한다.

세풍로에서 주연로로 변환한 순간 선무린의 쇄골 부근이 주욱 그어 내려지며 핏물이 튀었다.

"놈!"

단숨에 청아를 감싸버리려는 막대한 내공, 소하가 그 틈에 끼어들어 굉명을 휘둘렀다.

굉천도법의 천뢰가 쏟아져 나가며 그의 내공줄기를 모조리 격퇴하는 모습이었다.

철화가 뒤흔들린다. 그 두 갈래의 공격을 모조리 막아내기에는 역부족이었던 것이다.

선무린의 눈가가 잔뜩 찡그려졌다.

손으로 전해지는 경력은 이들의 무공이 상상외로 강해졌음을 알려주고 있었다.

'뭐지?'

갑자기 무공이 강해지는 일은 없다. 기연을 얻었다고 해도, 이야기 속에서나 가능한 말이다. 그런데도 저 두 명은 격렬하게 선무린을 몰아붙이며 백연검로와 굉천도법을 쏘아내고 있었다.

소하는 굉명을 꽉 쥐며 다시금 확신했다.

'현 할아버지는 다른 할아버지들과 함께 싸우고 싶었던 거야.'

그들이 만든 무공은 각자 성격에 따라 종류가 다르다. 그러나 그럼에도 현 노인은 그들과 함께 검을 들고 싸우고 싶었던 것이리라.

마 노인 역시 마찬가지였다.

소하는 문득 척 노인이 해왔던 말이 머리를 뒤흔드는 것만 같았다.

"의도를 생각해라. 멍청한 나의 첫 제자야."

척 노인은 손가락을 내밀며, 불퉁스레 이야기했었다.

"왜 우리는, 네게 그 무공들을 물려준 거라고 생각하느냐?"

그 말.

소하는 웃었다.

광천도법도 그랬고, 백연검로도 그랬다.

아마도 네 노인들은 서로가 함께하기 위해 소하에게 무공을 가르칠 적 자신들의 무공을 조금씩 바꿔왔던 것이리라.

"온다."

청아의 두려운 듯한 목소리가 들렸다.

선무린은 당장에라도 쳐들어올 듯했지만, 서서히 몸을 굽히며 자세를 낮추고 있었다.

두 명을 확실하게 죽이기 위해 온 힘을 집약하고 있는 것이다.

"준비해."

아직도 말끝이 덜덜 떨린다. 청아의 그러한 목소리에 소하는 씩 웃음을 지었다.

"괜찮아."

이상하다. 청아는 소하가 이런 위기상황에서 그러한 말을 꺼내는 게 잘 이해가 가지 않았다.

"이제까지 해왔던 걸 보여주자."

소하의 말에 그녀는 묘하게 두려움에 떨리던 몸이 가라앉는 것만 같았다.

"그래."

결국 할 수밖에 없다.

청아는 눈을 들어 거대한 폭탄과도 같이 내공을 끌어내고 있는 선무린을 주시했다.

*   *   *

"무린아, 이건 어떠하냐?"

선무린은 늘 그 목소리가 들릴 때면 인상을 와락 찌푸리곤 했다.

"할배. 그만 좀 하쇼."

노인은 실쭉 웃었다.

한 손에 든 것은 닳아빠진 목검. 그는 그것을 빙글빙글 돌리며 연신 신난 목소리를 내고 있었다.

"새로운 검세(劍勢)를 만들었다. 확실해. 저번이 호위(虎威)였으니 이번에는 용(龍)……."

"용이고 호랑이고 지금 그럴 때가 아니잖수."

일전의 무림행에서 그는 광연수량검을 사용해 한 검수를 꺾었다.

압도적인 승리였다.

상대는 손 하나 제대로 펼치지 못하고 일방적으로 몰리기만 했고, 마지막으로 쏘아낸 검에 어깨를 꿰뚫리며 패배를 선언했다.

그러나 문제는 그 다음이었다. 상대는 자신이 진 것이 바로 노인의 비겁한 술수 때문이라 당당히 말해댔고, 돈을 주고 살수(殺手)까지 고용했다.

그 때문에 한참을 쫓기다 겨우 은신처에 도착했던 것이다. 그 소란이 있었음에도 노인은 자신의 무공을 갈고 닦는 데에 여념이 없는 모양이었다.

"언제 어느 때에서나 수련을 멈추지 말아야 하는 것이지. 으히히."

노인은 즐겁다는 듯 어깨를 으쓱였다. 그걸 보는 선무린마저도 헛웃음을 지을 수밖에 없는 노릇이었다.

그리고 오 년 뒤.

선무린은 피식 웃음을 흘렸다.

"망할 영감."

그의 손이 가볍게 자신의 칼자루를 쥐었다.

매달린 검을 붙잡은 손은 파르르 잔떨림을 보이고 있었다.

"이제야 안 웃는구만."

목이 잘린 채 매달려 있다.

그 밑에는 큰 글씨로 '마두(魔頭)'라고 쓰여져 있을 뿐이었다.

수행을 위해 선무린이 잠시 자리를 비운 사이, 노인은 또다시 무림행을 나갔던 모양이다. 자신의 무공을 시험해 보고 싶었던 것이겠지.

그리고 또 세 명을 이겼다.

그러나 이번에는 피하지 못했다.

고작 그것뿐이다. 노인의 무공은 마공으로 격하되었고, 정의를 외쳐대는 작자들은 수백이 협공해 그를 지치게 만들어 몇 번이고 그의 몸을 칼로 헤집었다.

몸은 숲에 버려 들짐승이 뜯어먹도록 했고, 머리만 잘라 자신들의 의협심을 기념하려 했던 모양이다.

"도망이나 제대로 갈 것이지."

마두를 죽인 일은 명성에 큰 도움이 된다.

그렇기에 그 젊은 무인들은 자랑스레 술에 취한 채로 자신의 행동을 떠벌리고 다녔다.

"죽을 때까지 누구 이름만 꽥꽥대며 부르더군. 마인(魔人) 주제에 설치기는."

선무린은 노인이 마지막까지 자신을 걱정했다는 사실을 알았다.

평생을 바친 광연수량검이 마공으로 격하당한 사실에 분노하지 않고, 도리어 자신의 유일한 제자만을 애처로이 불렀다는 것이다.

선무린은 허탈한 웃음을 토했다.

"가만히 있었으면 오래 살았을 것을."

그는 무공을 너무나도 좋아했다. 세상에 무(武)가 있는 것이 자신이 살아가는 이유라며 아이처럼 웃곤 했다.

선무린은 뺨을 적시는 따스함을 억지로 잊으려 애썼다.

"그래도 너무 걱정하진 마쇼."

그는 핏물이 밴 소매를 들어 얼굴을 닦았다.

발을 떼자, 핏물이 굳어 끈적하게 신발 바닥에서 떨어져 나갔다.

"다 따라 보내줄 테니까."

선무린은 이곳을 점거하고 있던 젊은 무인 사십을 모조리 끔찍하게 죽인 뒤, 그 시체 사이를 걷고 있었다.

한 명도 즉사시키지 않았다.

너무나도 고통스러워, 차라리 죽여달라고 고래고래 소리칠 때에야 목숨을 끊어놓았다.

자비를 부탁하는 놈은 다리를 날려 버렸고, 덤벼드는 놈은 양 팔을 잘라 버렸다.

"대체 무공이란 뭐요. 할배."

그는 대답하지 않았다.

처음으로, 두 눈을 감은 채 입만을 벌리고 있을 뿐이다.

"그렇게 말이 많더니만."

선무린은 으드득 이를 악물었다.

피비린내만이 어지럽게 주변을 메울 뿐이었다.

"왜 대답이 없지."

까득!

죽은 시체 하나의 손목을 밟아 부순 선무린은 이내 입술을 꾹 깨물었다.

핏물이 주르륵 턱 아래로 흐를 때까지 가만히 서 있던 그는, 이 내 몸을 돌렸다.

"왜."

그 말만을 남겼을 뿐이다.

*   *   *

세상이 일그러진다.

선무린을 보고 있던 무당의 검수들은 모두 똑같은 생각을 했다. 정말로 내공이 주변의 대기를 일그러뜨리고 있었기 때문이다.

열기가 치솟는다.

그 안에서 선무린은 고요히 검을 앞으로 겨눌 뿐이었다. 그리고 열기는 마치 선무린의 주위를 집어삼키는 듯 너울너울 증기(蒸氣)를 뿜어 올렸다.

소하와 청아는 동시에 칼을 치켜들었다.

두 명 다 지금 선무린의 공격이 정말로 어마어마하다는 사실을 눈치채고 있었던 것이다.

파아아아앗!

순간 눈부신 섬광이 주변을 메웠다.

'온다.'

소하는 그 섬광의 뒤에서 어마어마한 속도로 찌르기가 몰아쳐 오고 있다는 사실을 눈치챘다.

굉명이 울부짖는다.

마치 상대의 실력에 호응하듯, 소하는 전력을 다해 천양진기를 펼치며 굉명을 내리찍었다.

쩌저저정!

"크읍……!"

찌르기에 닿는 순간 핏물이 속에서 솟구쳐 올랐다. 칼을 부딪친 순간 온몸에 충격을 입은 것이다.

콰라라라라라라라!

귀가 아프다. 마치 폭풍 속에 휘말린 듯, 소하는 어느새 선무린의 몸이 자신들의 앞까지 다가왔다는 사실을 눈치챘다.

빠르다. 더군다나 보이지도 않는다.

눈앞에 보이는 것은 열기로 인해 붉게 타오르는 용이었다.

"용무(龍霧)."

선무린의 눈이 그 안에서 번쩍 빛났다.

"막아봐라."

그 순간.

머리 위에서 검이 솟구친다.

소하는 전력을 다해 굉명을 휘둘렀다.

아래의 공격을 막아냈더니, 이제는 위에서 날아들고 있었다.

마치 짐승이 물어뜯는 양, 그 공격은 거대하게 펼쳐진 짐승의 입을 떠올리게 할 정도였다.

콰르르르르르!

막아내는 순간 발이 땅으로 파묻혔다.

"크으으으으……!"

소하의 입에서 신음이 토해져 나왔다. 천양진기로 몸을 강화했다고 해도, 막는 순간 양 어깨가 빠져 버리는 듯한 고통이 엄습했다.

지반이 부서져 돌들이 날아오른다. 그러고는 가루가 되어 흩어지고 있었다. 내공으로 몸을 보호하지 않으면 단박에 화상을 입을지도 모르는 위력이었다.

그리고 그 사이에서 흰 궤적이 빛났다.

선무린은 목을 비틀었다.

그 사이를 뚫고 나온 백련은 단숨에 허공을 찌르며 소하를
베어버리려던 선무린의 공격을 물러나게 만들고 있었다.

'연수로.'

청아는 후욱 하고 숨을 참았다. 숨을 쉬면, 열기에 의해 식
도가 화상을 입을 것만 같았다.

백연검로의 시작. 그와 동시에 두 번째 검로인 비형로가 펼
쳐져 나갔다.

캉!

막았다.

그러나 비형로는 곡선을 그리며 단숨에 선무린의 팔을 스
치고 있었다.

용이 다시금 울부짖는다. 아직 그의 공격은 끝나지 않았던
것이다. 선무린은, 소하와 청아를 모조리 찌부러뜨리기 위해
칼을 휘둘렀다.

육체 밖으로 뛰쳐나온 내공들이 유형화가 되어 서서히 열
기를 내뿜기 시작한다. 마치, 몸 전체가 하나의 무기가 된 듯
했다.

비형로에서 정주로로.

세 번째의 검로에 이르자 더욱더 기세가 빨라진다. 백연검
로는 서서히 가속하는 성질을 지녔다. 그에 따라 순서대로 검

로를 펼칠수록 그녀의 팔이 조금씩 빨라지고 있었다.

파캉! 파캉! 파캉!

삼격.

선무린은 그것을 모조리 쳐내며 단숨에 청아의 팔을 베어 내려 했다.

하지만 그것을 소하가 막는다. 연원이라는 검으로 막아낸 순간, 철화가 그그긍 소리를 내며 떨리고 있었다.

"크으으윽!"

소하의 입에서 다시금 붉은 핏물이 토해져 나왔다. 그는 지금 선무린의 용무를 혼자 견디고 있는 것이나 마찬가지였던 것이다.

"네놈······!"

콰르르르르!

열기가 다시금 아래에서 치솟는다.

"먼저 죽여주지!"

아까처럼, 다시 소하를 거대한 용이 씹어먹는 듯한 모습이 펼쳐진 것이다.

세풍로.

그러나 백련이 그의 앞을 가로막았다.

청아는 소하와 자리를 교대하는 동시에, 그에게로 매서운 공격을 펼쳤던 것이다.

철화가 뒤흔들린다. 세풍로의 속력에 미처 따라붙지 못한 탓이다.

청아는 팔의 근육이 뒤틀려 끊어지는 것을 느꼈다. 무상기를 극도로 끌어 올린 상태, 더군다나 자신 역시 그를 따라가기가 벅찬 상황이었다.

"으, 큭……!"

그녀는 억지로 이를 꽉 앙다물며 팔을 휘둘렀다. 세풍로에서 주연로로 변환한 것이다.

그 순간 선무린의 칼날이 매섭게 청아의 가슴을 노리고 쏘아졌다.

카아아앙!

소하는 몸을 날려 자신을 방패로 삼았다. 왼손의 굉명으로 막아낸 소하의 팔과 다리에서 핏물이 튀었고, 동시에 오른손에서 쏘아낸 칼 역시 선무린의 뺨에 긴 혈선을 내긋고 있었다.

콰아아아아아아!

소하가 튕겨 나가는 것과 동시에 열기가 뿜어져 나간다.

모두가 멍한 표정을 지을 수밖에 없었다.

"뭐, 뭐야… 저건……."

무당검수들은 이해하지 못하는 무의 경지가 그곳에 있었다. 사람이 검을 휘두르는 데 주변의 대지가 파열하고, 하늘에는 구름이 어둑하게 끼기 시작했다.

상원로.

백연검로의 육로가 펼쳐지며 허공에 어지러운 검광이 수놓였다.

파카카카카카!

철화로 막아내지만, 선무린은 인상을 찡그릴 수밖에 없었다. 자신 역시도 내공을 엄청나게 방출한 대가로 육체가 서서히 한계에 도달하고 있었던 것이다.

하지만 이걸로 끝이 아니다.

허리를 옆으로 돌리는 순간, 선무린의 왼팔에서 거대한 열기가 뿜어져 나왔다.

용무란 애초에 검만이 아니라 권각(拳脚)마저 함께 사용하는 초식이었던 것이다.

영운로.

그녀가 익힌 백연검로의 마지막 초식이 펼쳐지자 허공에 검막(劍膜)이 어렸다.

꽈르르릉!

장력이 폭발하자 머리칼이 마구 뒤흔들린다.

청아는 마치 팔이 끊어질 것만 같은 고통에 신음을 토해낼 수밖에 없었다.

선무린의 눈이 번득였다.

검막이 무너진다.

그녀의 영운로는 아직 이것을 견디기에는 너무나도 모자랐던 것이다.

끝이다.

청아는 죽는다.

자신의 검에 가슴을 꿰뚫려, 이전 노인처럼 허탈한 표정만을 짓게 되리라.

"무린아, 무공이란⋯⋯."

그 순간.

열기에 휩싸인 선무린은 노인의 목소리가 들리는 것만 같았다.

"칫⋯⋯!"

눈살을 찌푸리며 선무린이 머리를 살짝 뒤흔드는 순간, 땅에 쓰러져 있던 소하의 몸이 꿈틀거리며 껑충 뛰었다.

"괜찮아!"

그와 동시에 굉명이 울부짖는다.

손에서 펼쳐져 나가는 것은 굉천도법의 절초, 운파(雲破)!

동시에 어마어마한 기세의 도격이 용을 후려쳤다.

콰아아아아아!

선무린은 울혈을 토해냈다.

자신의 내공이 뭉텅 베여 나가자 그만큼의 충격이 몸에 가해졌던 것이다. 하지만 그는 여전히 이를 악물고 있었다.

이 정도에 패하기엔, 그동안의 세월이 용납하지 않았던 것이다.

'광연수량검은 이 정도가 아니다!'

그는 속으로 고함을 내지르며 권각을 펼쳤다. 내공이 가득 실린 그의 주먹은 이미 흉기의 수준을 넘어서 있었다.

그런데.

콰차아앙!

선무린의 눈이 처음으로 경악에 물들었다.

소하는 그의 주먹이 쏘아지는 것을 눈으로 포착하는 순간 앞으로 뛰쳐나가 그에 대응했던 것이다. 심지어 광명을 놓으며, 쥔 주먹을 휘둘렀다.

두 주먹이 마주 격돌하는 순간 내공의 벽에 우지직 하는 소리가 일었다.

선무린이 느낀 혼란 때문에 그의 내공이 어지러워지고 있던 것이다.

"네놈."

그의 입술이 떨렸다.

"어떻게… 광연수량검을……!"

그가 펼친 것은 광연수량검의 초식 중 하나인 표추(豹錐).

아까 전 한 번 내보이기는 했지만 소하가 절대 알 수 없는 무공이라 짐작했었다.

그런데 소하는 똑같은 표추를 펼치며 그를 받아친 것이다.

모방(模倣)했다.

그 생각이 머릿속을 관통한 순간 그의 내공벽이 우르릉 소리를 내며 찢어져 나갔다.

아차 하고 눈을 돌렸지만, 그 안에서는 흰 기운이 몰아치며 솟구쳐 올랐다.

열기 속에는 몸에 화상을 입으면서까지 칼을 들어 올리고 있는 청아가 있었다.

그리고 그녀의 칼은, 이윽고 소하의 오른손에 들린 연원과 함께 엮이기 시작한다.

두 사람이 동시에 펼치고 있는 것은 백연검로의 팔로(八路).

마지막 검로였다.

"이것이야말로, 내 모든 것이란다."

현 노인이 웃으면서 소하에게 말했던 검.

두 개의 칼날이 어우러지며 동시에 같은 궤적을 이루고 있었다.

애초에 서로가 하나였던 양, 뒤섞이며 그것은 더욱더 가속한다.

백연로(白連路).

흰 궤적이 이어진다.

일로에서 팔로까지.

모든 것을 합일(合一)한 양, 선무린의 내공벽이 부서진 순간을 기회삼아 단숨에 마지막 검로가 쏘아져 나갔다.

그리고.

콰아아아아앗!

청아와 소하의 검은 단숨에 용을 관통했다.

第五章
궤적

쏴아아아아……!

바람이 수풀을 흔든다.

아래로 기운 가지들은 바람에 몸을 휘저으며 천천히 이파리들을 떨어뜨리고 있었다. 그것들은 서서히 핏물 속으로 가라앉으며 녹색 잎을 붉게 물들여 갔다.

"크, 윽……."

신음이 흘렀다.

축생도는 잘려 나간 자신의 오른팔을 붙잡은 채, 비척비척 뒤로 물러서고 있었다.

"뭐냐, 그건……."

"양일적하(陽溢赤霞)."

청성의 두 번째 비검의 이름이었다.

그는 울컥 핏물을 토해냈다. 이미 내장이 모조리 상해 버려 한 걸음을 움직일 때마다 짙은 핏물이 살점 조각과 함께 입에서 토해져 나오고 있는 형국이었다.

운요가 펼쳐냈던 검. 축생도는 자신이 수련한 서장무림에서도 그러한 무공을 본 적이 없었다.

그는 답하지 않는다. 축생도의 몸이 비틀거리며 나무에 기대자, 우수수 이파리가 쏟아져 내렸다. 이제 몸을 가눌 힘조차 사라져 버린 것이다.

"젠… 장……."

울컥울컥 비어져 나오는 핏물에 축생도는 헉헉 숨을 내뱉었다. 서서히 운요가 가까워져 오고 있었다.

그가 한 걸음을 더 옮기려 발을 뗀 순간.

축생도의 왼팔이 위로 올라갔다.

퓨퓨퓨퓻!

무령자 세 개가 공중을 날았다. 마지막까지 숨겨놓았던 암기였다.

그러나 그와 동시에, 운요의 검이 그의 왼팔을 아래에서 위로 날려 버리며 궤도를 뒤흔들었다.

"상대가 안 좋았다."

핏물이 뿜어져 나온다.

축생도는 이제 비명조차 지르지 못하고, 꺼질 듯한 한숨만을 쏟아냈을 뿐이다. 고통을 표현할 힘마저 빠져 버린 탓이다.

운요의 청량선공은 주변의 사물들을 면밀하게 포착해 낼 수 있는 내공심법이다. 그에 따라 무령자와 같은 보이지 않는 암기들 역시 위치를 알아채고 피할 수 있었던 것이다.

"당문(唐門)에도 비길 힘이라… 생각했……."

축생도는 울컥 피를 토해내며 그리 중얼거렸다. 만약 소하가 상대였다면 운요보다는 훨씬 고전했을 가능성이 높았다.

소하의 천양진기는 극도로 자신의 육체를 강화하는 심법이기에 만약 눈에 잘 띄지 않는 무령자를 상대했다면 공격을 몇 번씩은 허용했으리라.

더군다나 이 숲을 모조리 망가뜨린 거대한 암기의 해일(海溢). 허공을 소나기처럼 뒤덮던 암기 속에서 운요는 고요히 자신의 검공을 펼쳐 그것을 깨부쉈다.

양일적하의 검은 이러한 상대와 맞서 싸우기에 제격이었던 탓이다.

"아마 뭘 묻는다 해도 대답하지 않겠지."

"크, 흑."

축생도는 비릿한 웃음을 흘렸다.

"중원… 놈들… 후회할 거다……."

운요의 검이 옆으로 슬쩍 기울어졌다.

서컥!

단숨에 어깨에서부터 가슴까지 파고드는 검. 축생도는 그 고통에 눈꺼풀을 바르르 떨며 중얼거렸다.

"위왕(僞王)은… 너희를… 배반……."

운요는 그의 목에 칼을 꽂아 넣은 뒤 빼냈다.

서장의 무공에 어떤 것이 있을지 알지 못하니, 확실하게 죽인 것이다. 축생도의 숨이 멈춘 것을 확인하자 그는 흐음 하고 칼에 묻은 피를 떨쳤다.

"위왕이라면."

분명 신비공자 단리우를 따르는 홍귀에게 했던 말이다. 말인즉슨, 위왕이란 단리우를 의미한다 볼 수도 있었던 것이다.

'잘은 모르겠지만…….'

이 서장의 무인들은 분명 그와 연관이 있었다. 아마도 적의를 가지고 뒤쫓던 것이겠지.

운요는 그 화재에 대해서도 얼추 감이 잡힐 것만 같았다.

팔이 떨린다.

아무렇지도 않은 척 행동했지만, 양일적하는 비홍청운보다 더욱 깊은 검의(劍意)를 가진 무공이었다. 그 때문에 몸이 계속해서 고통을 호소하고 있었던 것이다.

"하지만 일단은."

운요는 눈을 돌렸다.

그곳에는 붉은 노을이 번져 나가는 모습이 보였다.

선무린의 몸에서 뻗어 나온 내공이 허공에 붉은 잔영을 그리고 있었던 것이다.

"저리로 가는 게 우선이겠군."

＊　　　　＊　　　　＊

고오오오오오!

무당의 검수들은 모두 머리를 감쌌던 손을 내렸다.

제대로 일어서 있는 이는 한 명도 없었다. 모두가 바닥을 나뒹굴거나 뒤로 밀려나 버린 후였고, 심지어는 정신을 잃은 이도 보였다.

선무린과 청아의 검이 부딪친 여파 때문이다.

"큭……."

고연 장로는 비틀거리며 겨우 자세를 잡았다. 하마터면 기절할 뻔했다. 열기를 그대로 견뎌낸 탓이다. 그는 주변의 장로들이 무사한지 확인한 뒤에야 겨우 고개를 들 수 있었다.

"월연 장로……!"

월연은 자리에서 일어나 있었다.

온몸으로 열기를 맞았지만, 그는 엉망이 된 몰골을 하고도 멍하니 앞을 바라보고 있는 터였다.

고연 장로가 허둥지둥 그의 팔을 붙잡자, 월연 장로는 서서히 고개를 옆으로 내렸다.

"괜찮소?"

당황해 그가 묻자, 월연 장로는 살짝 벌어진 입 사이로 숨만을 뱉어낼 뿐이었다.

"저것이……."

월연 장로는 허탈하게 중얼거렸다.

"마지막 검이었던가."

그것에 고연 장로도 앞을 바라보았다. 연기가 가시고, 서서히 주변의 시야가 밝아지자 보이는 것은 땅에 나 있는 거대한 상흔(傷痕)이었다.

마치 용이 현신해 물어뜯은 것처럼, 땅에는 깊숙한 갈퀴자국이 수 장은 될 법한 크기로 새겨져 있었다.

그리고.

"으, 윽……."

청아는 벽에 부딪친 몸을 겨우 가누며 천천히 신음을 토했다. 여파에 날아가 버린 것은 좋았지만, 소하가 아니었다면 그대로 벽에 부딪쳐 짓이겨져 버릴 뻔했던 것이다.

그것을 깨달은 순간, 그녀는 다급히 눈을 돌렸다.

자신을 받아낸 소하는 더욱 상처를 입었으리라는 생각에서였다.

그러나 소하는 눈을 반쯤 찡그린 채로 허탈하게 웃고 있었다.

"아이고… 죽겠네……."

그녀는 안도의 숨을 토해냈다.

소하는 천양진기를 극도로 끌어내 자신과 청아를 지켰던 것이다. 만약 그가 아니었다면, 청아는 단박에 증발해 버렸을지도 모르는 일이었다.

"이래도……."

소하는 꿍 소리를 내며 몸을 일으켰다.

"미치지 못할 줄은."

그것에 청아도 앞을 바라보았다. 뭉게뭉게 피어나는 연기 안쪽에서 서서히 몸을 비틀거리는 한 명의 모습이 있었다.

선무린은 천천히 고개를 들었다.

"제법……."

그는 히죽 웃으며 팔을 아래로 떨어뜨렸다. 흐느적거리는 오른손에서는 피가 줄줄 흘러내리고 있었다.

청아가 마지막으로 펼친 백연로를 마주 받아치느라 손아귀가 찢어져 버린 것이다.

그러나 소하와 청아는 그의 용무를 버티지 못하고 날아가 버렸고, 선무린은 여전히 그 자리에 서 있었다.

승패는 명확했다.

"젠장……."

청아는 이를 악물며 몸을 일으키려 했지만, 다리가 풀렸는지 자꾸만 아래로 미끄러져 내릴 뿐이었다. 백연검로의 모든 것을 다 풀어내자, 무상기마저도 한계에 달했는지 흘러나오지 않았다.

선무린은 비틀거리며 상체를 바로 세웠다.

그는 조용히 허공을 올려다보고 있었다.

"기이하군."

선무린의 내공 역시 서서히 산화하며 허공으로 작은 빛을 뿌리고 있었다. 그 어마어마한 충격을 견뎌내는 데에 상당한 양을 소모했던 것이다.

"오랜만에⋯ 느끼는 기분이다."

그는 헛웃음을 흘렸다.

"큭⋯⋯."

청아가 몸을 비척거리자 소하는 입에서 피를 토해내며 고개를 뒤흔들었다. 조금이라도 정신을 놓았다간 바로 기절해버릴 것만 같았다.

광명과 연원을 가까스로 붙잡고는 있다지만 손이 바들바들 떨려 도저히 들고 휘두를 만한 상황이 되지 못했다.

청아는 손으로 땅을 짚으며 고개를 숙였다. 구토가 나올 것만 같았다. 온몸이 극도로 혹사당해, 더 이상 손가락 하나도 움직이지 못할 정도였다.

월연 장로는 한 걸음을 옮겼다.

"월연 장로!"

고연 장로가 소리를 치는 것에 모두의 시선이 그리로 향했다. 자신의 검을 붙든 채, 월연 장로는 느릿하게 걸음을 옮기고 있었다.

"다음에 죽을 놈이 나오셨나."

선무린의 이죽거리는 목소리에 월연 장로는 손을 들어 올렸다.

콰직!

그것에 선무린을 비롯한 모두의 눈에 일그러짐이 일었다. 월연 장로는 스스로의 검으로 오른팔을 잘라 버린 것이다.

툭 소리와 함께 떨어지는 팔. 어깻죽지부터 잘라내자 핏물이 치솟고 있었다.

"내 목숨으로 물러서 줄 수는 없겠나."

그것에 모두가 조용해졌다.

"월연 장로……!"

당황한 장로들의 눈이 그리로 향했지만, 여전히 월연 장로의 목소리는 담담했다.

그는 힘겹게 비틀거리며 말을 잇고 있었다.

"백련은… 백연검로는……."

그의 주먹이 꽉 쥐어졌다.

"무당의 검수는……."

청아를 죽이지 말아달라.

"무당의 보물일세."

그는 그렇게 말하고 있었다.

모두가 침묵했다.

전혀 예상도 하지 못했던 월연 장로의 말에 당황할 수밖에 없었던 것이다. 그는 조용히 침묵하던 중, 고개를 돌렸다.

"운악이에게 나는 너를 비무초친에 참가시키라고 말했었다."

이해할 수 없었다.

청아는 눈을 동그랗게 뜬 채로, 멍하니 그런 월연 장로를 바라보고 있을 뿐이었다.

"네게서… 백연검로를 빼앗고 싶었으니까."

백로검 현암.

아마도 동시대의 무인들에게 있어, 강한 열등감을 지닐 수밖에 없도록 만드는 이름일 것이다. 아무리 수련해도 그의 성취를 넘어설 수 없었고, 그가 보여주는 순백(純白)에 가까운 그 이상에 모두들 감화되고는 했다.

그것이 월연 장로를 두렵게 만든 것이다.

그가 동년배들을 제치고 한 배분이 위인 '현'의 배분을 받았을 때, 모두가 그 사실을 담담히 인정할 수밖에 없었다.

그는 강했고, 누구보다 숭고했으니까.

그리고 지금 그 숭고한 싸움이 다시금 눈앞에서 펼쳐졌다. 월연 장로는 그것을 본 순간, 자신이 얼마나 비참하게 행동하고 있는가를 자각할 수밖에 없었다.

"내 오만이었다."

월연 장로는 마음에 계속해서 불편하게 걸려 있던 그 말을 겨우 토해낼 수 있었다.

"미안하다."

무거운 목소리가 땅으로 흘러내렸다.

청아의 눈이 바르르 흔들렸다.

손이 떨린다. 그녀는 가까스로 놓치려는 백련을 움켜쥐며, 으드득 입술을 깨물었다.

"그런 말을… 지금 와서……."

가운악의 죽음.

청아는 당장에라도 월연 장로를 죽여 버리고 싶었다. 그렇게 사과한다 해도 가운악은 돌아오지 않는다. 그는 죽었고, 이미 하얀 재가 되어버렸다.

그렇기에.

그가 죽는다고 해서 가운악이 돌아오지 않는다는 것까지 느낄 수 있었다.

"어리석군."

선무린은 흐느적거리며 몸을 움직였다. 피가 후두둑 쏟아지기는 했지만, 아직도 그는 주변의 모든 무인들을 압살하고도 남을 만한 힘을 보유하고 있었다.

"그런다고 내가 너희를 죽이지 않을 거라 생각한다면……."

"무당은 이어져 가야만 한다."

월연 장로는 으득 손을 감아쥐었다.

"그것이 유일하게 내가 할 수 있는 일이니까."

칼이 떨어진다.

결국 힘이 빠져 자신의 무기마저 떨어뜨린 채, 월연 장로는 땅에 무릎을 꿇었다. 그러고는 천천히 머리를 땅에 내려박고 있었다.

붉은 핏물이 줄줄 흘러나와 바닥을 적신다.

"부탁하네."

그 말.

선무린은 크윽 하고 핏물을 뱉었다.

"명문 정파라는 놈이… 그딴 짓을, 하지 마라!"

지나치게 뿜어져 나온 내공과 노기가 뒤섞이니, 절로 몸을 상하게 만든다.

선무린은 숨을 거칠게 몰아쉬며 떨리는 오른팔을 들어 올렸다. 단칼에 월연 장로를 죽여 버리기 위해서였다.

"자네가 바라는 건 진정 그런 것이었나?"

그때 뒤쪽에서 철무의 목소리가 들렸다.

그의 눈은 씁쓸하다는 듯 선무린을 바라보고 있었다.

"내가 철화를 준 건… 그런 모습 때문이 아니었거늘."

철화를 줬다?

그 말에 청아의 눈이 뒤흔들렸다. 아무리 무림의 사정에 밝지 않은 그녀라고 해도, 무림 전역을 달굴 정도로 유명한 이의 이름을 모를 리가 없었다.

"천하명장……."

천하명장 연필백.

철무라는 이름을 썼던 그는 이내 여전히 웅장한 느낌을 뿜어내며 선무린을 바라보고 있었다.

"자네가 듣고 싶었던 말을 들었잖는가."

"그러면!"

선무린은 고함을 질렀다.

"영감은 행복해지는 건가?"

으르렁거리는 소리.

철무는 그것에 이전의 선무린을 보는 것만 같았다.

스승의 죽음에는 아무렇지 않다고, 그저 싸울 상대를 구하는 데 좋은 칼이 필요하다 이죽거리던 그의 모습. 연필백은 그의 안에서 울부짖는 소년을 보았다.

그렇기에 자신의 칼 중 가장 말을 안 듣는 아이인 철화를 넘겨주었던 것이다.

그와 아주 잘 어울릴 것 같았기에.

"나는 그분이 아니기에 잘은 모르겠네만."

연필백은 귀를 후비적대며 중얼거렸다.

"아마, 답은 자네가 이미 들었을 것 같군."

"무린아!"

선무린은 인상을 와락 찌푸렸다. 연필백의 말을 듣는 순간, 귓전에 과거의 목소리가 들려왔던 것이다.

늘 히히 웃으며 새로운 무공을 연구하던 과거의 노인.

그래서 나는 당신을 따라갔었다.

이 재미없는 세상에서, 어쩌면 당신을 따라가는 것으로 재미를 찾을 수 있을지 모르니까.

선무린은 조용히 자신의 손을 내려다보았다.

그 충돌.

선무린은 문득 과거가 꿈틀거리며 되살아나는 것만 같았다.

연필백에게 철화를 받고, 사람들과 싸우기 시작한 선무린은 노인의 무공이 모두를 압도할 만큼 강했다는 사실을 알았다. 그렇기에 더욱 분노했고, 다가서는 이들을 모조리 참살했다.

그리고 만난 건 거대한 도 하나를 어깨에 걸쳐 멘 남자였다.

졌다.

선무린은 비참하게 땅을 나뒹굴었고, 쿨럭이며 흙을 토해냈다.

"뭐야. 이거, 아주 약해 빠졌구만. 좀 더 제대로 칼을 휘두른 다음에나 덤벼라."

괭천도 마령기.

처음으로 만난 벽은 가늠할 수조차 없을 정도로 거대했다.

그렇기에 선무린은 그에 다다를 수단을 찾아 무림을 헤맸다. 더욱더 많은 싸움이 있다면 강해질 수 있을 거라 생각했던 것이다. 그러던 와중 그는 또다시 자신의 앞을 막는 적을 만나야만 했다.

백로검 현암.

일찍이 굉천도 마령기와 부딪치기도 했었고, 정사대전을 정파의 승리로 이끈 무림맹의 영웅이기도 했다.

그의 검은 신출귀몰(神出鬼沒).

선무린은 자신의 검이 처음으로 손아귀에서 비껴나가 땅을 구르는 것을 보아야만 했다.

"스스로의 목숨을 저버리지 말거라."

두 명 다 선무린을 살려주었다. 그것이 더욱더 굴욕스러웠다. 도저히 참을 수 없었다. 사방을 돌아다니며 더욱더 싸움의 나날을 보내왔지만, 선무린은 그 이후 도저히 손에 느껴졌었던 감각을 다시 느낄 수 없었다.

그것이 지금.

"당신이 뭘 안다고⋯⋯!"

"자네의 문제겠지."

연필백은 수염 아래로 씩 미소를 보였다.

그리고 들어 올렸던 검은, 이윽고 아래로 내려간다.

철화를 내린 채 선무린은 으득 이를 악물었다.

"…흥이, 떨어졌다."

그리고는 천천히 몸을 돌린다.

모든 무당의 검수들이 그 광경을 가만히 지켜보고 있을 뿐이었다. 멀어져 가는 그를 보면서 아무도 섣불리 움직이지 못했다.

점점이 핏물을 남기며 사라지는 선무린의 모습.

그가 모두의 시야에서 없어진 뒤에야, 몇 명의 무당검수가 뛰쳐나왔다.

"장로님!"

비로소 그 목소리에 긴장이 깨진다.

청아는 옆에서 툭 떨어지는 소하의 몸을 보았다.

굉명으로 몸을 지탱하려 하지만, 소하는 비틀거리며 그대로 땅으로 떨어지려 하고 있었다.

"윽……!"

청아는 다급히 백련을 내던지며 소하를 끌어안았다.

힘겹게 숨을 내쉬고 있는 소하의 모습에 청아는 무어라 말을 꺼낼 수 없었다. 그는 정말로 모든 것을 다 소진한 양, 완전히 지쳐 있었기 때문이다.

"좀 놔두면 나을 걸세."

뒤에서 연필백의 목소리가 들렸다.

"아무래도 그 소년이… 바로, 백로검의 '바람'이었던 것 같으
니 말이야."

그는 어깨를 흔들며 웃었다.

"이거 참, 죽기 아까운 세상일세."

몇 명의 제자들이 다급히 청아와 소하에게 다가오기 시작
한다. 그들 역시, 아까의 싸움에서 무언가를 느낀 탓이다.

"보기 어려운 광경들을 다 보게 되는군."

그는 소하의 손에 쥐어진 광명을 눈짓하며 중얼거렸다.

만족스러운 웃음이 수염 속에서 은은히 그려지고 있었다.

＊　　　　＊　　　　＊

우르르릉……!

소하는 고개를 돌렸다.

천장에 가는 금, 그리고 돌무더기가 떨어지며 분진이 피어
오르고 있었다.

두 다리는 저도 모르게 앞으로 향한다. 금방이라도 깔려 버
릴 듯, 무너지는 소리가 더욱더 커지며 잔해들을 떨어뜨리고
있었다.

가면 갈수록 눈앞이 희미해진다.

소하는 자신의 앞에 서 있는 노인을 보았다.

"소하 동자야."

그때의 기억이다.

소하는 본능적으로 이 광경이 모두 꿈이라는 사실을 알았다. 현 노인은 여전히 자애로운 미소를 지으며, 천천히 칼을 들어 올리고 있었던 것이다.

"백연검로에 대해 조금은 알겠더냐?"

"네."

고개를 끄덕이기 싫었다. 눈을 감기 싫었다.

조금이라도 더, 이 시선 안에 현 노인을 담아두고 싶었다.

"그래, 모든 것은……."

현 노인의 손이 자신의 가슴에 가 닿았다.

"마음에 달린 것이란다."

가지 말라고 소리치려 했다.

소하는 도저히 그를 마주 볼 수가 없었다.

이게 꿈이란 걸 안 이상, 소하의 기억 속에서만 존재하는 현 노인이란 것을 느껴 버린 이상 도저히 견딜 수가 없었던 것이다.

그러나 그 순간 따스한 온기가 이마를 두드린다.

현 노인은 새하얀 수염 속에서 빙긋 미소를 지었다.

"광풍제월(光風霽月)."

그 마음.

이전 현 노인과의 문답에서 나왔던 글자였다.

"무슨 뜻인지 알겠더냐?"

대답할 수 없었다.

가만히 자신을 바라보는 소하에게, 현 노인은 웃음으로 답할 뿐이었다.

"동자 자신이 아직 느끼지 못했을 뿐이다."

사라진다.

소하는 손을 뻗으려 했다. 하지만 몸이 굳어버린 듯 그저 멍하니 연기가 되어 사라지는 현 노인의 잔영을 볼 수밖에 없었다.

"할아버지!"

외쳤지만, 현 노인은 여전히 웃고 있었다.

"올곧게 마음을 따르거라."

마지막 말.

헤어지기 전 들었던 그 말만을 남긴 채, 현 노인은 사라지고 말았다.

*　　　*　　　*

"일어났군."

청아는 소하가 일어나는 것을 보고는 고개를 까닥였다.

이전까지 입었던 옷을 벗고 새 무복을 입은 그녀는, 씻고 왔는지 머리에 살짝 젖은 기가 남아 있는 상태였다.

"다들 네가 깨어나기를 기다리고 있었어."

"…오래 기다렸어?"

"꼬박 하루."

소하는 머쓱한 표정으로 머리를 긁적였다.

천양진기를 끌어 올린 대가로 몸이 상당히 혹사당한 탓에, 오랫동안 잠들어 있었던 모양이다.

정갈하게 정리되어 있는 방, 고급스러운 침상을 보아하니 상당히 좋은 곳인 듯했다.

"잠꼬대도 하던데."

청아는 소하가 계속해서 해대는 잠꼬대를 기억해 내곤 피식 웃었다.

"잠꼬대?"

"할아버지, 할아버지 하고."

그녀의 말에 소하는 으아 소리를 내며 얼굴을 감쌌다. 꿈을 꾼 탓인지 잠꼬대를 심하게 해댄 모양이었다.

"백로검을 뵌 거냐?"

"응……."

청아는 고개를 끄덕였다.

"그렇군."

그녀의 눈이 닿은 탁자에는 부러진 두 자루의 검이 올라와 있었다.

가운악과 청아의 검이었다.

"나중에 네 이야기를 해줄 수 있겠나."

그것에 소하는 청아를 멍하니 쳐다보았다. 그녀는 부끄러운지 살짝 얼굴을 붉히고는 코를 문지르고 있었다.

"그냥, 태사조님에 대해 듣고 싶은 것뿐이다."

현 노인의 이야기.

소하는 배시시 웃음을 지었다. 이상했다. 청아의 말을 듣고 있자면, 마치 현 노인이 다시 이곳에 와 있는 것만 같았다. 아니, 그때 느꼈던 그 '온기'가 다시 전해지기 때문일 수도 있었다.

"일어났는가."

그때, 방문이 열리며 연필백의 모습이 보였다. 그는 여전히 술병 하나를 든 채로, 기분 좋은 미소를 짓고 있었다.

"내가 딱 맞췄군."

그는 등에 메고 있는 보따리를 가리켰다. 그 안에는 굉명과 백련이 들어 있었다.

"조금 더 다듬어뒀네. 오랫동안 내 손을 떠나 있었더니 아무래도 상한 부분이 있거든."

그는 짊어진 보따리를 내려놓으며 천천히 굉명을 들어 올렸다. 굉명은 그러자 우우웅 하고 울림을 내뱉고 있었다. 소하의 눈에는 그것이 마치 반가움의 인사처럼 보였다.

"녀석, 잘 지냈더냐."

연필백은 자식을 바라보듯 굉명을 이리저리 돌려보며 상태를 확인하고 있었다.

"둘 다 쉽게 상하지는 않을 걸세. 다만… 극양기에는 아무리 굉명이라고 해도 힘들 수 있거든."

천양진기를 극도로 흡수한 탓이다. 소하가 당황한 표정을 짓자 연필백은 허허 웃음을 냈다.

"걱정 말게. 다 확인해 뒀으니."

그는 굉명을 조심스럽게 옆쪽의 탁자에 올려둔 뒤, 이번에는 백련을 들어 올렸다.

"백련이라면 이야기는 달랐겠지. 극양기에는 약한 칼이거든."

천하명장 연필백은 무구를 만들 때, 그 주인에게 완벽하게 맞춘 것만을 제작한다고 했다. 그렇기에 백련을 제조할 때에도 현 노인의 내공심법인 무상기에 맞도록 만들었던 것이다.

"현 할아버지께서… 말씀해 주신 적이 있었어요."

그의 무상기는 척 노인의 천양진기와는 궤가 다르며, 현재 소하가 무공을 배우기에는 부족할 것이라고 말이다. 그렇기에 소하는 백련을 청아에게 맡기는 것이 칼의 힘을 가장 끌어낼 수 있다고 생각했다.

"그런가. 역시… 그는 훌륭하군."

연필백은 허리춤에 매달린 칼 하나를 더 뽑아들었다. 그가 소하에게 던져주었던 검, 연원이었다.

"하지만 이건 다르다."

백련이 갓 쌓인 첫눈과 같이 하얗다면, 연원은 좀 더 탁한

은광(銀光)을 발하고 있었다. 날밑 역시 제대로 존재하지 않아 마치 길쭉한 지팡이 같다는 느낌이 들 정도였다.

"처음에는 백로검이 새로운 무공을 위해 칼을 만들어달라는 줄 알았었지."

현 노인이 다짜고짜 찾아오자마자 칼을 만들어달라는 이야기를 한 것에, 연필백은 강한 분노를 보였다. 자신이 만든 검이라면 충분할 텐데, 어째서 또 다른 검을 원하느냐는 것이었다.

그러나 그것에 현 노인은 전혀 다른 대답을 했다.

"내가 쓸 검이 아닐세."

그러고는 알 수 없는 미소만을 지어 보일 뿐이었다. 늘 이해할 수 없었던 현 노인이었기에, 연필백은 지는 느낌이 들었지만 결국 무기를 주조할 수밖에 없었다. 그러나 그의 주문은 또 약간 달랐다.

그의 무상기를 담는 것이 아니라, 오히려 전혀 다른 기운이 필요하다고 말했었다.

그것에 연필백은 투정을 부릴 수밖에 없었다. 그럼 그 내공 심법을 가진 작자를 데려오라고, 그래야 자신이 더욱 완벽한 무기를 만들 수 있지 않겠냐고 말이다.

그러나 현 노인은 순진한 소년처럼 눈을 깜박여 보일 뿐이었다.

"자네가 진정으로 원하는 검을 만들어보는 것은 어떤가?"

남에게 맞추지 않은, 연필백만의 검.

그 말에 연필백은 멍하니 입을 벌릴 수밖에 없었다. 자신이 이제까지 한 번도 해보지 못한 생각을 접하자 할 말이 모두 사라져 버린 탓이다.

"이 검이 바로 그것이라네."

연원은 그런 이유로 탄생된 칼이다.

"속은 것 같기도 했지만."

연필백은 씩 웃음을 지었다.

"이건 모두… 지금을 위해서겠지."

백련이었다면 천양진기나 굉천도법에 견딜 수 없었을 것이다. 그러나 연원은 그러한 것들마저 모두 받아낼 수 있는 검이었다.

말 그대로 소하를 위한 검이다.

"칼집은 대충 만들어서 줄 테니, 나중에 천천히 받아가게나."

그 말에 소하는 당황할 수밖에 없었다. 천하명장 연필백, 무림에 나와서 귀가 닳도록 들었던 대단한 검장의 이름이다.

"이런 걸 제게……."

"부족한가?"

연필백은 인상을 찌푸렸다.

"하긴, 그도 그렇겠지……. 그래도 굉명이랑 연원 정도면 내 새끼들 중에서도 손가락 안에 꼽을 놈들이네. 그 정도로 봐줬으면 하는데."

"네?"

소하가 당황해 눈을 동그랗게 뜨자, 연필백은 쯧쯧 소리를 냈다.

"굉천도법과 백연검로를 동시에 쓰는 무인을 봤지."

그렇다.

청아를 비롯한 모든 무당파의 무인들은 입이 찢어질 정도로 경악할 수밖에 없었다. 천하에서 가장 강한 다섯 명 중, 두 명의 무공을 동시에 사용하는 무인이 나타났으니까.

"게다가 그 보법은 천영군림보."

연필백은 허탈한 웃음을 지었다.

"내공심법은… 아마도 천양진기겠지? 만박자 영감의."

청아는 잘 모르는 이야기다. 그러나 그녀는 그 순간 소하의 이해할 수 없을 정도로 강했던 내공심법에 대해 얼추 납득할 수 있었다.

"천하오절의 네 무공을 한 몸에 가진 무인이라면… 내 무기를 전부 내줘도 보기 어려울 걸세."

그는 큭큭 웃음을 토했다. 무인으로서도, 검장으로서도 이 일은 정말로 개안할 만한 일이었다.

"천개(天蓋)와 좋은 승부가 될 지도 몰랐겠군."

"천개?"

청아와 소하가 그를 가만히 바라보고 있자 연필백은 웃음
지은 채 대답했다.

"시천마의 칼이지. 내… 가장 완벽한 칼이기도 했고."

시천마 혁무원의 무구.

그야말로 천하제일의 무기라고 해도 과언이 아닐 것이다.

"둘이 붙여봤으면 정말 소원이 없겠네만… 아쉽게도 세월이
흘러버렸군. 그래도 만족스러워."

연필백은 천천히 자리에서 일어났다.

"자네는 무당파를 구했네."

원래대로였다면 선무린은 여기 있는 모두를 학살하고, 유유
히 백련을 취했을 것이다.

"그자는 백련을 부수려 했었지."

선무린의 목적은 바로 백련의 파괴였다. 그렇기에 연필백 역
시 조금은 씁쓸한 마음이 되어 무당파로 걸음을 옮겼던 것이
다.

"백련이 부서졌다면… 육체보다 더욱 소중한 것, 모두의 신
념(信念)이 산산조각 났을 걸세."

그 마음만을 굳건히 간직한다면, 무당파는 이어질 수 있다.
연필백은 그것을 알고 있기에 소하에게 깊은 고마움을 느꼈

던 것이다.

"그러니 가슴을 펴게나."

연필백은 술병을 들며 웃음 지었다.

"자네는 감사받을 만한 가치가 있어."

소하는 가만히 고개를 숙였다.

헌 노인이 말했던 목소리들, 그것은 마치 현실처럼 아직까지도 귀를 떠돌고 있었다.

"그럼, 밥부터 먹는 게 우선이겠군."

"그런데⋯⋯."

소하는 청아가 주섬주섬 옆쪽에 준비되어 있는 죽 그릇을 꺼내는 것을 보며 중얼거렸다.

"누가 내 이마를 만졌었나?"

쨍그랑!

술을 마시던 연필백도 눈을 동그랗게 뜰 뿐이었다.

청아는 성대하게 손 아래로 떨어져 버린 죽 그릇에, 윽 소리를 내며 얼굴을 붉혔다.

"무, 무슨 소리를 하는 거냐!"

"허헛!"

연필백의 입에서 큰 웃음소리가 번졌다. 당황하는 청아를 이상하단 눈으로 바라보던 소하는, 이윽고 연필백이 천천히 다가오는 것을 보았다.

"자네에게 하나 더 말해줄 것이 있네."

그는 씩 웃음을 짓고 있었다.

*　　　　*　　　　*

"일어났는가."

조금 시간이 지난 뒤, 소하와 청아는 장로전 안으로 들어섰다.

월연 장로는 창백한 표정으로 태사의에 앉아 있었다.

장로 두 명과 여러 문원이 부산하게 약과 붕대를 가져오고 있었지만, 오른팔이 잘린지라 그는 언제 꺼질지 모르는 촛불처럼 위태해 보였다.

"큰… 은혜를 입었군."

월연 장로는 조용히 눈을 돌렸다.

그와 동시에 장로전의 안쪽에서 서서히 무당의 검수들이 모습을 드러내기 시작했다.

도합 백이 넘는 숫자의 검수들은, 모두 동시에 손을 들어 올렸다.

소하가 당황해 몸을 움찔하며 뒤로 물러서려는 순간, 웅장한 목소리가 장로전에 몰아쳤다.

"무당검수가 사조(師祖)를 뵙니다!"

사람의 목소리가 합쳐지면 이런 느낌이 될 수 있구나.

소하는 그 웅장함이 피부에 와 닿는 것에 저도 모르게 그런 생각을 했다.

"백로검에게 수학(受學)했다면··· 무당의 배분으로 자네는 나와 같은 위치라고 할 수 있지."

월연 장로는 쿨럭거리며 핏물을 토했다. 아직 내장이 망가지고 속이 역류하는 것을 잠재울 수 없었던 것이다. 대신 옆쪽에 서 있던 고연 장로가 조심스레 말을 이었다.

"다들 자네에게 정말로 감사하고 있다네. 하지만 우리는··· 그 호의를 무시했었지."

고연 장로의 눈이 소하의 옆에 있는 청아에게로 돌아갔다. 그는 여전히 씁쓸함을 감춘 채, 조용히 고개를 숙일 뿐이었다.

"여기서 다시 한 번 사과하겠다."

숙연해진다.

무당의 검수들은 모두 그 싸움을 보았다. 소하와 청아가, 자신들은 도저히 대적할 수 없었던 자에게 필사적으로 맞서 싸우는 것을 말이다.

"백로검은 우리가 하나되어 나아가야만 한다고 말했었다."

월연 장로는 기침을 토하며 중얼거렸다.

"하지만 나는 알지 못했었다."

그저 질투했다.

자신이 백로검이 될 수 없었다. 그렇기에 필사적으로 무당파의 세력을 결집했고, 자신을 따르는 이들만을 남겼다. 월연 장로는 스스로의 행동이 어떠한 것이었는지 비로소 지금에서야 느낄 수 있었다.

"나는 더 이상 무당의 장로가 아니다."

모두의 눈이 놀라 옆으로 향했다. 갑작스레 그가 꺼낸 말은, 다른 장로들 역시 알지 못했던 일이었기 때문이다.

"나는 무당을 지키지 못했고, 아집(我執)으로 혼란에 빠뜨렸고, 심지어……."

그의 반개한 눈이 청아를 향했다.

"무당의 비보(秘寶)를 스스로 없애 버리려 했다."

고요했다.

태사의에서 일어선 월연 장로는 자조하고는 이내 소하에게 다시 시선을 돌렸다.

"이제부터… 헛되이 죽은 제자들에게 속죄하고 싶군."

그는 고개를 숙였다. 무당의 장로가 누군가에게 고개를 숙이는 일은 드물다. 그것이 더군다나 콧대 높기로 유명했던 월연 장로라면 말이다. 늘 그는 남을 깔보고 자만하는 자이기도 했다.

"원하는 것이 있는가?"

월연 장로는 소하에게 무엇이든 해줄 의향이 있었다. 백로검의 시대와 달라져 버린 무당파를 비관하며 봉문을 요청한다 해도, 순순히 그에 따를 생각이었다. 어차피 선무린이라는 장벽 하나조차 넘지 못한 무당파는 이미 서서히 죽어가고 있는 것이나 마찬가지였기 때문이다.

"재물도 좋고, 명예 역시 상관없네. 자네가 바란다면 어떤 것이든……."

"청아에게 사과하세요."

그 말에 장로전이 차가운 침묵으로 물들었다.

모두 당황한 듯 소하를 쳐다보고 있었지만, 소하는 여전히 아무렇지 않은 눈으로 월연 장로를 마주 보고 있었다.

"그래… 그게 당연한 일이겠지."

월연 장로는 고개를 끄덕였다.

"무당제자 가운악은 내 명령 때문에 죽었다."

주변이 술렁였다.

"백연검로를 가진 저 아이를 없애기 위해 내린 명령을… 대신 이행하고, 스스로 죽음을 선택했다."

청아는 입을 꾹 다물고 있었다.

"모든 것은 나의 책임이다."

월연 장로는 후우 하고 한숨을 내뱉었다.

무당의 제자들이 당황한 표정을 짓고 있었지만, 그것 역시 받아들여야 할 부분이었다.

"네게 정말로, 미안한 일만을 해왔었다."

월연 장로는 다시금 고개를 숙였다.

"이걸로 모든 것이 사라질 거라 생각지는 않는다. 다만……."

그의 목소리는 마치 어린아이로 돌아간 양, 조금씩 끄트머리가 떨리고 있었다.

"무당을 미워하지 말아다오."

청아는 아무 답도 할 수 없었다. 그저, 태어나서 한 번도 받지 못했던 누군가의 사과를 듣자, 가운악의 그림자만이 멍울멍울 떠오를 뿐이었다.

그녀는 꽉 칼을 붙들었다.

백련. 백로검의 검이자, 백연검로를 이어받은 자의 증표는 은은한 백색으로 빛나고 있었다.

청아는 대답하지 못했다.

그저 입술을 깨문 채 고개를 숙이고 있을 뿐이었다.

고요해진다.

소하는 그 안에서 조용히 고개를 끄덕였다.

"그거면 됐어요."

이제부터다.

소하가 바라는 것은 현 노인의 소원대로 움직이는 무당파의 모습이었다. 다른 무당파의 장로나 검수들 모두 그 점을 익히 느끼고 있는 터였다.

"정말로… 충분하다는 건가?"

고연 장로는 침을 삼켰다.

"현 할아버지는 무당파를 소중한 곳이라고 말씀하셨어요."

현 노인은 자신의 이야기를 잘 하지 않았다.

그나마 소하가 꼬치꼬치 캐물었을 때야, 몇 마디를 겨우 꺼내주고는 했던 것이다.

그중 하나 역시 사문(師門)에 관한 것이었다. 홀로 행동하는 마 노인이나 척 노인, 구 노인과는 달리 현 노인은 조금 다른 삶을 보내왔었던 것이다.

그는 모두를 이끌었고, 무림을 대표하는 칼날이 되어 악을 무찌른 자였었다.

그러나 소하가 늘 사문에 대해 물어볼 때면, 그는 으레 있을 만한 자랑을 보이지 않았다. 그저 편안한 미소를 지으며 대답했을 뿐이다.

"그곳이 있었기에 나는 내가 될 수 있었단다."

소하는 문득, 그 말을 듣자 현 노인이라는 사람이 어떠한 생각을 가지고 살아왔는지 알 수 있었다.

그러면서도 한편으로는 그런 현 노인의 발자취를 쫓고 싶었다.

그 궤적(軌跡)에 대해 알고 싶었다.

현 노인이 남겼다는 말을 듣자, 월연 장로를 비롯한 모든 무당파의 검수들은 굳은 표정을 할 뿐이었다.

시야는 어지러이 허공을 헤맨다.

그들 역시, 약해진 스스로에 대해 한탄하던 참이었다.

그렇기에 누군가가 가진 긍지(矜持)에 더욱 부끄러워질 수밖에 없었던 것이다.

"현암⋯⋯."

월연 장로는 어릴 적부터 같이 자랐던 친구의 이름을 조용히 내뱉어 보았다.

이미 백발이 된 눈썹에 주름이 잡힌 그는 후우 하고 깊은 한숨을 내뱉을 뿐이었다.

"나는⋯ 여전히 따라갈 수조차 없군."

소하는 미련 없이 몸을 돌렸다.

청아 역시 고요해진 장로전을 뒤로 하며 걸음을 옮겼다.

"이제 어쩔 거지?"

멀리서 운요의 모습이 보인다. 그는 조용히 손을 흔들며 두 명을 맞이하고 있었다.

"괜찮으세요?"

"뭐⋯ 아주 멀쩡하지."

씩 웃으며 손을 굽혀 보이는 운요의 모습.

소하는 그가 서장의 무인과 치열한 격전을 벌였다는 얘기를 들었지만, 운요를 믿었기에 더 이상 말을 잇진 않았다.

"이제 가보려고."

소하의 말에 청아는 당황한 표정을 지었다. 일어난 즉시 움직이겠다는 말인가?

"들은 말도 있으니."

서둘러야 한다는 뜻이다.

"너는 괜찮겠어?"

소하의 물음이었다. 그녀는 가운악을 잃었다. 그것도 같은 무당파의 장로가 꾸민 계략으로 말이다. 그 분노가 어느 정도 인지 도저히 예측조차 불가능할 정도였다.

"괜찮지 않다."

당황하는 눈, 청아는 그런 소하의 반응을 예상했다는 듯 웃을 뿐이었다.

"하지만… 견뎌야 하는 것이겠지."

그녀는 다시는 이런 일이 일어나도록 놔둘 수 없었다. 여인 이라는 이유로 누군가를 차별하거나, 혹은 대의를 잊은 채 서 서히 망가져 가는 모습들을 말이다.

"나 역시 부족하다. 사형에 비하자면… 한참이나 오만하고, 나약하지."

그러나 그 사실에 분노만 하고 있을 수는 없다.

가운악이 사라진 만큼, 다른 무언가를 채워 넣어야 했던 것 이다.

"지금은 내가 할 수 있는 일들을 해보려고 한다."

그녀의 목소리에는 굳은 결심이 스며들어 있었다.

"그래."

씩 웃어 보이는 소하를 보며, 잠시 망설이던 청아는 조용히 입을 열었다.

"소하."

그녀는 자신의 허리춤에 매어진 백련을 바라보고 있었다.

백로검의 애병. 당연히 이후 소하에게 넘겨줄 것이라고만 생각하고 있었지만, 소하는 그것을 흔쾌히 청아에게 넘겼다. 그것이 현 노인이 원하는 것일 거라며 말이다.

"만약 이후… 네가 어떠한 일로든 힘들어 한다면."

그녀는 눈을 들었다. 청아의 시선은 다부진 결심으로 반짝이고 있었다.

"나는 모든 걸 다해 너를 돕겠다."

그 말을 하고 싶었다.

소하는 내밀어진 청아의 손을 붙잡았다. 단단한 감촉, 그녀는 살짝 미소를 지은 채 소하를 바라보고 있었다.

"웃으니까 훨씬 예쁘네."

"……."

청아는 다시 인상을 확 찌푸려 보였지만, 이내 킥킥 웃음을 지은 소하는 운요와 함께 뒤로 물러섰다. 이제 정말로 무당산을 내려가야겠다고 마음먹었던 것이다.

멀어진다.

청아는 조용히 그런 소하를 바라보고 있었다.

멀리서 무당의 검수들이 하나둘씩 걸어 나와 떠나가는 그들을 바라보기 시작했고, 이내 모두가 포권을 취하는 모습에 그녀는 여러 감정이 뒤섞일 수밖에 없었다.

살아나가야만 한다.

그녀는 몸을 돌렸다.

허리춤에 매어진 백련이 아름다운 빛을 내고 있었다.

*　　　*　　　*

"죽겠군."

운요가 팔을 두들기며 중얼거리자, 소하는 걱정스러운 눈으로 그를 바라보았다.

운요의 내공이 격하게 뒤엉키는 모습이 보였었다.

양일적하의 검은 아직 운요가 제대로 연습조차 많이 해보지 못했던 비검이었기 때문이다. 축생도를 죽이기는 했지만, 그에 따른 부하가 너무나도 심했다.

"너무 걱정은 마라."

운요는 픽 웃어 보였다.

"아직 고생할 정도는 아니니까. 더군다나……."

그의 입가에서 작은 목소리가 굴러 나왔다. 그것은 너무나도 작아, 소하조차 제대로 듣기 어려울 정도였다.

"너에 비하자면 아직이지."

소하는 듣지 못한 듯했다. 잠시 씁쓸한 표정을 지은 운요는 이윽고 소하가 향하는 곳이 어딘지를 알 수 있었다.

해검지.

무당파에 들어오는 이는 모두 검을 내려놓아야 한다는 무당파의 자부심이 가득 깃든 지역이었다. 본래 정문으로 들어온다면 가장 먼저 만나는 무당파의 명소이기도 했다.

그리고 그 앞에 걸터앉아 있는 남자가 있었다.

"뭐지."

선무린은 슬쩍 고개를 돌리며 소하와 운요를 흘겨보았다.

"애써 살려준 목숨이다. 다시 버리러 온 거냐?"

"연 아저씨가 부탁한 물건이 있어서요."

소하는 자연스럽게 말을 걸며 앞으로 향했다. 어깨에 걸친 천 안에는 길쭉한 무언가가 돌돌 감긴 채로 있었다.

"칼집인가."

철화의 칼집.

이제까지 선무린은 붕대로 감아놓은 채 검을 허리에 매단 것이 전부였다. 연필백은 이곳에 오는 김에 철화의 칼집까지 마련해 그에게 전달해 준 것이다.

"그렇군. 제법 좋구만."

그는 그것을 받아 들며 허리에 찼던 철화를 풀어내는 중이었다.

"연 아저씨는… 당신이 내게 해줄 말이 있다고 했어요."

"엉?"

선무린의 얼굴이 구겨졌다.

"망할 꼬마 놈에게 내가 뭘 말해줘야 한다는 거지?"

그의 몸에서 우르릉 하는 소리가 일기 시작했다. 어마어마한 내공이 다시 모습을 선보이는 것이다.

"윽……!"

운요는 인상을 찌푸렸다.

'하루 만에 이 정도로 회복을……!'

선무린의 내공은 마치 거대한 파도 같았다. 순식간에 주변을 에워싸는 모습. 자칫하면 모두를 삼킬지도 모르는 일이었다.

"시천월교."

그것에 선무린의 이마가 내 천(川) 자를 그렸다.

잠시 침묵이 흐른다.

선무린은 무언가를 생각하는 듯하더니만, 이내 허어 하고 이마를 툭툭 쳤다.

"그랬나. 하긴… 네놈은 천하오절의 무공을 갖고 있었지."

그는 철화의 칼집을 만지작대더니만, 이내 철화를 꽂고는 조심스럽게 손목을 까닥댔다.

"얼마 전, 무림맹의 직운문(直云門)이 멸문했다."

"그건 꽤 유명한 문파일 텐데."

운요가 끼어들자, 선무린은 고개를 담담히 끄덕였다.

소하는 알지 못했지만, 직운문이란 이전 시천월교에 격하게 반대하며 최후까지 세력을 결집한 곳이기도 했다.

"싸우는 걸 본 건 아니지만… 자국을 보면 대충 알 수 있지."

선무린은 초인의 영역에 달한 자다. 그는 그 흔적을 보고서도 싸움이 어떠했는가 유추할 수 있는 경지에 도달해 있었던 것이다. 공격의 여파로 베어져 나간 정문과 바닥재, 그리고 죽은 시체들의 모습을 통해 선무린은 상대가 누구인지를 확인할 수 있었다.

"비혼철수(碑渾鐵手)였다."

소하가 운요를 흘깃 바라보았지만, 그 역시 모르는 듯 고개를 갸웃거릴 뿐이었다.

"직접 싸워보지 못한 애송이들이 알 무공이 아니지. 그건……."

선무린은 픽 웃더니만, 가볍게 말을 이었다.

"시천월교의 철은천주가 가진 무공이었다."

소하의 주먹이 꽉 쥐어졌다.

시천월교의 오대천주.

그들이 누군지는 이전 철옥에서부터 익히 들어온 터였다.

"뭐… 사실, 그놈들과 싸워본 적이 없으니 대부분 정체를 모를 게 뻔하긴 했지."

그는 귀를 긁적거리며 조용히 중얼거렸다. 사실 시천월교의 오대천주와 싸워본 자들은 대부분 죽었기에, 그들의 무공을 감별하기란 어려운 일일 수밖에 없었던 것이다.

"그 외에도 시천월교가 사라진 뒤 은둔한 많은 문파가 하나둘씩 사라지고 있다."

그렇다. 직운문을 비롯해 현재 서서히 자취를 감추는 문파들은 모두가 정천맹을 비롯한 새로운 세력에 합류하지 않은 자들이었다.

"내가 백련을 부수러 온 건… 내 자신을 확인하기 위해서였지."

"확인?"

"그래, 다시 재밌게 싸울 일을 대비해서 말이다."

그게 무슨 뜻인가?

소하와 운요가 인상을 찌푸리는 것에, 선무린은 고개를 으쓱였다.

"당연한 게 아니냐."

찰칵 소리가 나도록 철화를 칼집에 꽂아 넣는다. 선무린의 입가에는 웃음이 맴돌고 있었다.

"그놈들이 다시 무림에 나타났다는 이야기다."

운요는 인상을 찌푸렸다. 선무린의 말이 맞다면, 가만히 좌시할 수 없는 문제였다.

전 무림에 크나큰 악몽을 몰고 왔던 시천월교의 고수들이 아직 살아 있다는 소식이 전해진다면 모두가 공포에 떨게 될 것이 당연했다.

"하지만 정천맹 놈들은 무시하겠지."

선무린은 웃음을 흘렸다.

"자기들이 가진 고수들을 쉽사리 내보낼 수 없으니까. 어떤 이유를 대서라도 상황을 회피하려 할 거다."

현재 정천맹 내부에서도 여러 세력이 서로의 눈치를 보고 있는 판국이다. 전승자들을 비롯한 천하오절의 후예들이나, 새로이 문파를 일으킨 젊은 강자들은 지금 조금이라도 세력을 잃는다면 자신들이 삼켜져 버리리라는 것을 확실히 알고 있기 때문이다.

"주객전도지."

선무린은 허탈한 웃음을 뱉었다.

"하지만 아무리 그렇다 해도……."

"천하오절 이후에도 나를 비롯한 다섯이 있었다."

선무린의 눈이 슬쩍 운요를 향했다. 그의 몸에 깃든 기운은, 분노 때문인지 서서히 안으로 갈무리되며 음산한 잔재를 흩뿌리고 있었다.

"초인의 경지에 든 자들… 그러나 너희는 그에 대해 들어본 적이 있나?"

천하오절과 다른 무인들의 차는 격심하다. 소하는 무당의 장로들이 선무린의 앞에서 아무 행동도 하지 못하고 억압당하는 모습까지 보았었다.

초인(超人)이란, 그러한 경지에 든 이들을 말하는 것이다.

"셋이 죽었다. 정천맹이란 놈들이 조금만 지원을 해줬더라도, 그놈들이 듣도 보도 못 한 문파 출신이라는 사실에 무시하지만 않았더라도, 모두 살아 있었겠지."

치열한 싸움.

시천월교의 지배 당시에도 선무린은 싸워왔던 것이다.

"철은천주에게 죽은 놈이 있었지. 직운문에 있는 시체 중 그와 똑같은 모습으로 죽은 이들이 즐비했다."

머리가 터지고 상체가 부서진 시신들.

주먹에 맞는 순간 그 회전력에 의해 뼈가 분쇄되고 살점에는 독특한 나선(螺線)이 남는다. 그것이 바로 철은천주의 비혼 철수가 가진 독특한 모습이었다.

"아마 머리가 좋은 놈들은, 그걸 보고 시천월교가 남아 있음을 알았을 거다."

그러나 무림은 고요했다.

아무 소식도 없다.

그저, 평화롭다는 듯 잔잔히 흘러갈 뿐이다. 소하와 운요 역시 그렇게 생각하고 있었다.

"그걸 이용해 자기 세력을 불릴 생각이나 하고 있는 거겠지. 이전… 우리가 그렇게 당했던 것처럼 말이다."

선무린은 비릿한 웃음을 흘렸다. 그와 함께 싸운 다섯은 무림에 나섰다면 천하제일을 넘볼 수도 있었던 기량을 가진 자들이었다. 그러나 그들은 자신의 무공을 자랑하기보다는 시천월교에 대적하려 했다.

그것이 진정 무림을 위하는 일이라는 사실을 알았기 때문이다.

하지만 그들의 죽음은 그 누구도 알지 못했다. 그저 그들의 싸움 덕에 시천월교의 일부가 무너져 내리자, 기회를 틈탄 정천맹의 습격으로 시천월교가 몰락했을 뿐이다.

그 공은 모두 정천맹의 것이 되었다.

선무린은 그 과정을 모두 지켜보았고, 이 사실에 질려 버리고 말았다.

"세상은 썩었어."

그는 그렇게 단언했다.

"내가 위할 가치 따윈 없지."

그렇기에 그는 싸움에 자신의 뜻을 뒀다. 더 강한 상대, 더 강한 무공을 찾아 싸우는 데에 삶의 가치를 집중하기 시작한 것이다.

검렵 선무린.

평생 별호를 가져보지 못했던 그는, 처음으로 자신의 별호를 얻을 수 있었다. 그 누구보다 무림을 위해 싸운다는 의지를 지녔을 때에는 아무도 가지지 않았던 관심과 시선이, 이제야 집중된 것이다.

씁쓸한 일이다.

"내가 할 말은 그게 전부다."

"이제 어쩔 거죠?"

소하의 질문에 선무린은 흠 하고 숨을 내뱉었다.

"찾아 나서야겠지. 시천월교 놈들… 저번에는 이쪽이 살짝 밀렸었으니 갚아줘야 하거든."

그는 자신의 옷을 슬쩍 걷어 보였다. 옆구리에 난 상처, 그
것은 창상(創傷)이라 보기에는 너무나도 끔찍하게 그의 반신
을 휘감고 있었다.

"만검천주 놈이 입힌 상처지."

"만검천주……!"

운요의 눈살이 일그러졌다.

만검천주 성중결.

가장 많은 문파를 쓰러뜨린 자이자, 운요의 스승을 죽이고
청성을 멸문시킨 장본인이기도 했다.

"오대천주들 모두가 살아 있지는 못하겠지만, 그 작자는 분
명 살아 있겠지."

선무린의 입가에 미소가 감돌았다.

"다시 싸울 생각을 하니 즐겁군."

"그전에."

소하는 말을 자르며 끼어들었다.

"나는 당신이 싫어요."

사람을 아무렇지도 않게 죽였다.

소하는 그런 강함을 가졌던 선무린이라면 능히 그들을 죽
이지 않고서도 제압할 수 있을 것이라 생각했다.

하지만 선무린은 자신에게 칼을 디민 무당검수들을 처참하
게 죽여 버리고 말았다.

그것을 용서할 수 없었다.

"네놈이 나를 마음에 들어 하든 말든 내가……"

"하지만 부탁이 있어요."

"부탁?"

선무린은 인상을 찡그렸다.

갑자기 여기 다가온 것도 짜증나는데, 계속 재잘재잘 말을 걸어대니 슬슬 노기가 일고 있었던 것이다.

"지금 살려줬다고 기고만장해진 모양인데, 자꾸 거슬리면 지금 그냥……"

"비원동(悲願洞)."

표정이 굳어진다.

소하는 씩 미소를 지었다.

"아저씨가 그곳이 어디인지 안다고 하던데."

"아저씨……?"

선무린의 눈가가 일그러졌다. 소하가 지금 하는 말을 용납할 수 없었던 탓이다. 그러나 그는 이내 후우 하고 한숨을 내뱉었다.

"천하명장이 말해줬군."

"네."

"비원동이 뭔지 잘 모를 텐데."

선무린의 눈은 처음 만났을 때처럼 싸늘하게 가라앉아 있었다.

"그건… 네가 닿기 어려운 영역에 있는 곳이다."

"가야 한다고 말했어요."

연필백의 말.

그는 연원과 함께 전언(傳言)을 가지고 왔다.

"백로검이 무슨 생각을 하는지 대충 알겠군."

시천마와 싸우기 전, 연필백은 천하오절을 일일이 찾아다녔다. 그들의 싸움을 막기 위해서였다.

그는 자신의 무기를 든 이들이 헛된 살육을 벌이는 것을 어떻게든 중단시키고 싶었던 것이다.

하지만 백로검과 굉천도는 그 말을 듣지 않았다. 그러나 이들은 기이하게도, 스스로의 무기를 놓았다.

굉명과 백련을 놓은 뒤, 오히려 개운하다는 듯 걸음을 옮기고 있었을 뿐이다.

이해할 수 없었다.

아니, 초인에 이르지 못한 범인(凡人)에게는 어쩌면 당연한 일일지도 몰랐다.

"하지만 그건 내가 알 바가 아니야."

그런 괴로움에 만박자 척위현은 가볍게 대답했다. 그러고는 살기로 얼룩진 두 눈을 돌릴 뿐이었다.

"자격이 없는 나에게는 말이지."

그리고 그는 시천월교의 정문으로 향했다. 정문을 돌파해, 수백에 이르는 무인을 참살하고 내전까지 전진했다.

오대천주 역시 그를 막기 위해 분투했지만, 만박자 척위현을 막은 것은 바로 시천마였다.

연필백은 절망했다.

이걸로 무림은 끝이다. 강한 이들은 모두 사라지고, 시천월교에 의한 지배만이 남아버릴 것이다.

그러나 그는 척위현이 떠나며 한 말을 기억하고 있었다.

"언젠가, 자격이 있는 놈이 나타난다면… 그 이야기를 알려줘라. 부탁하지."

항상 주변인들을 무시하며 자신만이 고고하다는 듯 행동했던 척위현이다. 그러나 그 날만은, 그의 목소리가 참으로 애달파 보인다는 것을 느꼈었다.

그것이 바로 지금이다.

연필백은 소하를 보며 느꼈다.

우검좌도를 든 그의 모습에서 천하오절의 네 명이 떠올랐기 때문이다.

"비원동이란……."

선무린은 쓴웃음을 지었다.

"시천마가 '깨달음'을 얻은 곳이다."

천하오절의 최강자.

시천마 혁무원이 있던 장소라는 말이다.

"천하오절의 나머지를 비롯해 몇 명이 그곳을 방문했지만…

이겨낸 자는 없었다. 만박자마저도 견디지 못하고 뛰쳐나와

버릴 정도였지."

그 정체를 아는 자는 드물다.

지금도 몇의 무인들이 제이(二)의 시천마가 되기 위해 찾아

내려 애쓰고는 있지만, 장소에 대한 정보가 알려지지 않았기

에 불가능에 가까운 일이었다.

선무린처럼 직접 방문해 본 이를 제한다면 말이다.

"원래는 십이능파에게 맡겨진 비동이다. 그가 시천마에게

패한 이후에는 비밀에 묻혔지만."

그는 킄킄 웃은 뒤 고개를 들어 올렸다.

"죽을 거다, 너."

그는 그렇게 확언했다. 소하의 정신이 그 비동의 '내용물'을

견뎌내지 못할 것이라 생각했던 것이다.

그 앞에는 조용히 입을 다물고 있는 소하가 있었다.

"그렇다고 해도."

소하의 몸에 노란 기운이 맴돈다. 척 노인의 천양진기, 그 은은한 기운에 선무린은 이마를 찌푸릴 뿐이었다.

"가야만 해요."

자신에게 남겨진 것은 무공이 아니다.

노인들의 '마음'이다.

"…넌 지금으로도 충분히 동년배를 초월하고 있다."

선무린의 판단은 정확했다.

소하의 힘은 지금 전승자들과 비교해도 전혀 모자라지 않는다. 아니, 몇을 제외하고는 그들을 아득히 뛰어넘을 것이다.

이미 강한 힘이다. 그러니, 굳이 자신이 죽을지도 모르는 위험을 감수하고 정상을 노릴 필요가 있을까?

그는 그것을 묻고 있는 것이다.

"시천월교가… 남아 있다면."

소하는 만검천주의 검을 기억한다.

만약 그들이 살아남아 다시 공격해 들어온다면?

철옥에 향해야만 했던 자신이 떠오른다.

자신을 감싸고 죽었던 식어가는 형의 온기가 피부로 느껴졌다.

"막아야만 하니까."

멈출 수 없었다.

그 말에 선무린은 헛웃음을 뱉었다.

"빌어먹을 놈이로군. 아주 빌어먹게 짜증나."

그는 무릎을 탁 치며 자리에서 일어섰다.

"안내해 주지. 좀 먼 길이 되겠지만."

"아, 고마워요."

소하의 목소리에 선무린은 허어 하고 소리를 내며 눈을 돌렸다.

소하와 청아의 칼을 마주했던 순간, 그는 과거의 목소리가 귀를 뒤흔드는 것을 느꼈다.

"무린아! 무공이란……"

늘 그가 아침에 일어날 때마다, 밤을 새서라도 무공을 연마해 실실거리며 웃던 노인의 모습. 선무린은 그런 노인의 모습이 싫지 않았었다.

그렇기에 그를 따랐고, 그의 무공을 배웠다.

그 궤적을 따르고자 했었다.

"정말 재미있지 않느냐?"

"네가 고마워할 필요는 없다."

그리운 목소리를 오랜만에 떠오르게 해줬으니까.

선무린은 조용히 그리 읊조릴 뿐이었다.

            *   *   *

  비명.

  총 문원 육십 사 명의 열홍문(悅鴻門)은 무림에서도 대단하
다 일컬어지는 검공의 고수들을 자그마치 일곱이나 갖춘 정
예 문파였다.

  그렇기에 이들은 시천월교의 몰락 이후에도 잔당 사냥에
앞장서며 수많은 마두를 벌해왔었다.

  "크, 으으윽……!"

  열홍문주 배염(排苒)은 칼을 바닥에 꽂은 채로 신음하고 있
었다. 오른쪽 다리가 무릎 아래로 잘려 나갔고, 칼을 가까스
로 꽂아 넣은 한쪽 팔은 반쯤 뜯어져 뼈와 근육이 그대로 보
이고 있었다.

  "이건… 말도 안 된다……."

  그는 눈을 질끈 감은 채 고함을 내질렀다.

  "말도 안 돼!"

  "현실을 직시해라."

  낮은 목소리가 울렸다. 그리고 나타난 것은 마치 거대한 철
탑으로 된 듯한 거한의 모습이었다.

  그의 손에 붙잡힌 것은 두 명의 문원. 모두 열홍문에서 손
꼽히는 고수들이었다.

  콰드득!

그 둘의 머리를 단숨에 으깨어 버리며, 거한은 피식 웃음을 뱉었다.

"나약하니 죽는 거다."

"왜, 네놈들이… 살아 있는 거냐……!"

그의 고함에 거한은 어깨를 으쓱였다.

"다 실력이지."

"무림은… 용서하지 않을 것이다……! 월교… 놈들……!"

푸확!

그와 동시에 배염의 머리가 잘려 나가며 피분수를 뿜었다.

"철은천주, 말이 많아."

날카로운 칼날을 옆으로 내리며, 고혹적인 여인이 거한을 흘깃 째려보았다.

시천월교의 오대천주 중, 철은천주 아회광은 팔을 흔들며 카카카 하고 웃음을 내뱉었다.

"이거 참, 정체를 숨겨야 하긴 한데… 사람 죽이는 게 즐거워서 견딜 수가 없군!"

"일단은 '명령'이니… 적당히 해."

그리고 옆에 있는 여인, 냉옥천주 미리하는 주변을 둘러보며 중얼거렸다.

열홍문에 있는 모든 사람들은 차가운 주검이 되어 땅바닥을 나뒹굴고 있는 터였다.

"이걸로 끝인가."

"흐, 아쉽군. 조금 더 죽일 놈들이 있었어야 했는데."

아회광은 끌끌 웃으며 몸을 돌렸다. 안쪽에 놓은 불은 점차 커지며 열홍문을 집어삼키고 있었다.

"이제부터 시작이니, 조급해하지 마."

미리하 역시 그 불을 바라보았다. 점점 커지는 불길, 그녀는 픽 웃음을 지었다.

"이런 식으로 움직이게 될 줄이야."

"즐겁지 않나? 냉옥천주?"

아회광은 피로 젖은 주먹을 옷에 슥 닦으며 고개를 들어 올렸다.

숨을 들이마시자 피비린내와 불길의 냄새가 가득 스며들고 있었다.

"이것이야말로 무림이지……!"

그가 혼자 기뻐하고 있는 동안 미리하는 허 하고 한숨을 내뱉으며 몸을 돌렸다.

시체들이 서서히 불길에 휘감기며 사라져 가고 있는 모습이 보였다. 잠시 그것을 바라보던 그녀는 이윽고 몸을 돌렸다.

"진짜 목표는 따로 있으니… 일단, 그걸 먼저 노리고 생각해야겠어."

그녀의 눈에 차가운 기운이 맴돌았다.

"천하오절이라."

"아, 그 전승자인가 뭔가 하는 놈들인가!"

아회광은 주먹을 쾅 소리가 나도록 부딪치며 웃음을 뱉었다.

"그거 재미있겠군! 안 그래도 한번 붙어보고 싶었는데!"

미리하는 한숨을 내뱉었다.

"뭐, 마음대로 해."

그녀의 눈은 머나먼 허공을 향해 있었다.

서서히 밤이 오고 있지만, 내부는 맹렬히 타오른다.

"우리가 해야 할 일은⋯ 이미 정해져 있으니까."

*   *   *

쿠드드드득!

천망산.

과거 시천월교의 본거지가 자리했던 그곳은 처참할 정도로 무너진 뒤 아무도 살지 않는 무인(無人)의 장소가 되어 있었다.

가까이 있는 주민들은 혹시라도 시천월교와의 결탁을 의심받을까 두려워 모두 도망쳤고, 들짐승마저도 그곳에서 풍기는 수상한 기운에 대부분 가까이 오지 않았다.

그런 천망산의 중턱에서, 계속해서 지진이 일어난 지 어느덧 나흘이 되었다.

누군가 있었다면 그 수상함에 의문을 품었을 수도 있겠지만, 듣는 것은 오로지 날아들었던 새들 뿐이었다.

바위가 뒤흔들린다.

지반이 갈라지며, 동시에 쩍쩍 금을 더하기 시작했다.

주변의 물이 모두 말라 버린 지 이틀이다.

바위들이 서서히 갈라지며 모래가 되어버렸고, 나무가 쓰러져 진동을 일으켰다.

그 가공할 만한 지변(地變)에 이미 남아 있던 들짐승들까지도 모두 도망쳐 버린 지 오래였다.

그리고.

파쾅!

지반의 아래쪽에서, 손이 솟구쳤다.

마치 돌처럼 금이 가고 갈라져 버린 피부다. 그러나 그 손은, 삐걱삐걱 소리를 내며 정신없이 바닥을 더듬었다. 이곳이 바로 지상이라는 확신을 얻기 위해서였다.

그리고 땅 속과는 다른 햇살과 바람을 느낀 즉시.

폭발이 생겨났다.

꽈아아아앙!

가루가 흩날린다.

바닥을 깨부숴 버린 손은, 이윽고 천천히 몸을 드러내기 시작했다.

옷은 이미 전부 삭아 흩어져 버린 뒤였다. 가공할 내공의 분출에 견디지 못했기 때문이다.

더군다나 용암 가까이에 살았던지라, 온몸은 마치 바위처럼 구워지고 갈라져 버린 뒤였다.

그는 천천히 몸을 세웠다.

어지러운 눈동자는 이윽고 햇살이 비치는 대지를 향했다.

"하, 하하하하……."

웃음소리가 흘러나왔다.

탁한 목소리, 이제까지 말을 할 일이 얼마 없었기에, 그는 멍하니 주변을 둘러보다 미친 듯 웃음만을 흘렸다.

"하하하하하하!"

나무가 흔들리고 바위가 날아간다.

웃음에 실린 내공이 너무나도 강했기 때문이다.

"드디어… 다시 나왔다."

그을린 얼굴에서 진물이 뚝뚝 떨어져 내린다. 갑작스레 광소를 터뜨린 탓이다. 그는 손으로 진물을 닦으며 어깨를 마구 떨었다.

"돌아왔다, 내가……."

그의 온몸에서 전율할 만한 기운이 솟구치기 시작했다.

산천초목이 진동한다.

그의 몸에서 흘러나오는 어마어마한 내공에 떨고 있는 것이다.

새빨갛게 변한 남자의 눈이 부르르 떨렸다.

"나는, 천마(天魔)다!"

이전 소천마라 불리웠던 자.

시천마 혁무원의 핏줄이자, 시천월교의 교주가 될 몸이었던 혁월련은, 이전과는 다르게 온통 일그러진 모습이 된 채로 광소를 터뜨리고 있었다.

『광풍제월』7권에 계속…

초대형 24시 만화방

신간 100%, 샤워실, 흡연실, 수면실(침대석), 커플석, 세탁기 완비

■ 강북 노원역점 ■

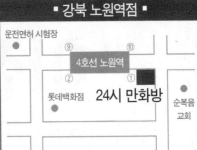

운전면허 시험장
⑨ ⑩
4호선 노원역
② ①
롯데백화점 24시 만화방 순복음 교회

서울 노원구 상계동 340-6 노원역 1번 출구 앞 3층
02) 951-8324 (화용빌딩 3층)

■ 일산 정발산역점 ■

경찰서 정발산역
제2 공영주차장 롯데백화점

24시 만화방

E	C	A
	라페스타	
F	D	B

라페스타 E동 건너편 먹자골목 내 객잔건물 5층
031) 914-1957

■ 일산 화정역점 ■

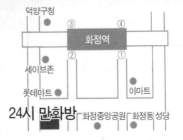

덕양구청
③ ④
화정역
② ①
세이브존
롯데마트 이마트
24시 만화방 화정중앙공원 화정동 성당

경기도 고양시 덕양구 화정동 984번지 서일빌딩 7층
031) 979-4874 (서일사우나 건물 7층)

■ 부천 역곡역점 ■

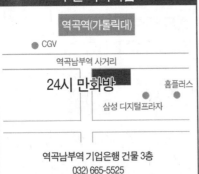

역곡역(가톨릭대)
CGV
역곡남부역 사거리
24시 만화방 홈플러스
삼성 디지털프라자

역곡남부역 기업은행 건물 3층
032) 665-5525

■ 부평역점 ■

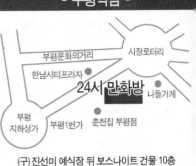

시장로터리
부평문화의거리
한남시티프라자
24시 만화방 나들가게
부평 지하상가 부평1번가 춘천집 부평점

(구)진선미 예식장 뒤 보스나이트 건물 10층
032) 522-2871

이민섭 新무협 판타지 소설

EPIC ORIENTAL HEROES

역천마신

逆天魔神

사술을 경계하라!

『역천마신』

소림의 인정을 받지 못한 비운의 제자 백문현.
무림맹과 마교의 음모로 무림 공적으로 몰린
그에게 찾아온 선택의 기회.

"사술, 이것을 받아들인다면 인세에 다시없을 악귀가 될 것이네."

복수를 위해 영혼을 걸고 시전한 사술이 이끈 곳은
제남의 망나니 단진천의 몸.

"무림맹 그리고 마교, 그 두 곳을 박살 낼 것이다."

이제 그의 행보에 전 무림이 긴장한다!

Book Publishing CHUNGEORAM

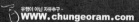
유행이 아닌 자유추구 -
WWW.chungeoram.com

풍신서윤

風神 徐僴

강태훈 新무협 판타지 소설

FANTASTIC ORIENTAL HEROES

2015년 대미를 장식할 무협 기대작!

『풍신서윤』

부모를 잃은 서윤에게 찾아온
권왕 신도장천과 구명지은의 연.
그러나 마교의 준동은
그 인연을 죽음으로 이끄는데…….

"나는 권왕이었지만
너는 풍신(風神)이 되거라!"

권왕의 유언이 불러온 새로운 전설의 도래.
혼란스러운 세상을 정화하는 풍신의 질주가 시작된다!

Book Publishing CHUNGEORAM

유행이 아닌 자유추구 -
WWW.chungeoram.com

十字星 십자성

허담 新무협 판타지 소설
FANTASTIC ORIENTAL HEROES

전왕의 검

신력을 타고났으나 그것은 축복이 아닌 저주였다.

『십자성 - 전왕의 검』

남과 다르기에 계속된 도망자의 삶.
거듭된 도망의 끝은 북방 이민족의 땅이었다.
야만자의 땅에서 적풍은 마침내 검을 드는데……!

"다시는 숨어 살지 않겠다!"

쫓기지 않고 군림하리라!
절대마지 십자성을 거느린
적풍의 압도적인 무림행이 시작된다!

Book Publishing CHUNGEORAM

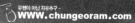

유행이 아닌 자유추구 -
WWW.chungeoram.com

이계진입 리로디드

임경배 퓨전 판타지 소설

FUSION FANTASTIC STORY

『권왕전생』 임경배의 2015년 신작!

『이계진입 리로디드』

**왕의 심장이 불타 사라질 때,
현세의 운명을 초월한 존재가 이 땅에 강림하리라!**

폭군으로부터 이세계를 구원한 지구인 소년 성시한.
부와 명예, 아름다운 연인…
해피엔딩으로 이야기는 끝인 줄 알았건만
그 대가는 지구로의 무참한 추방이었다.
그리고 10년 후……

"내가 돌아왔다! 이 개자식들아!"

한 번 세상을 구한 영웅의 이계 '재'진입 이야기!

철백 新무협 판타지 소설
FANTASTIC ORIENTAL HEROES

大武

대무사

피와 비명으로 얼룩진 정마대전의 종결.
그리고…

"오늘부로 혈영대는 해산한다."

혈영대주 이신.
혈영사신(血影死神)이라고 불리는 그가
장장 십오 년 만에 귀향길에 올랐다.

더 이상 전쟁의 영웅도, 사신도 아니다!

무사 중의 무사, 대무사 이신.
전 무림이 그의 행보를 주목한다!

Book Publishing CHUNGEORAM

유행이 아닌 자유추구 -
WWW.chungeoram.com